Melanie

La epidemia de vanidad

Wilian A. Arias

AWA Books.
Primera Edición
Febrero de 2024

ISBN Edición Tapa dura: 9798879834161.
ISBN Edición Tapa blanda: 9798879828900.

Diseño de cubierta: Javin Zi.

Disclaimer:
Las imágenes e ilustraciones en el interior de este libro han sido generadas con la herramienta de inteligencia artificial generativa de imágenes a partir de texto, MidJourney, en su versión 6, hechas a partir de las instrucciones del escritor, y tomando como referencia el estilo proporcionado por el ilustrador Leyton Contreras.
Ningún texto al interior de este libro ha sido creado, editado, mejorado ni revisado con herramientas de inteligencia artificial generativa de texto. Tanto la idea como el desarrollo de esta son de total autoría del escritor.

Melanie

La epidemia de vanidad

«La belleza del hombre consiste en el arte del buen decir».

Mahoma.

«LLEGUÉ, VI, VENCÍ».

JULIO CÉSAR.

Índice de Capítulos

Relato de Hojitas

«En la majestuosa nirvana se encontraba Melanie Malvista interpelando con otras reinas, quienes le dijeron cómo obtener aquiescencia del Rey del cielo. Y después de una tertulia, Melanie había vuelto al solemne paraninfo del purgatorio, y era ahí donde ella abandonaba sus níveas vestiduras y su aureola de flores, tornando a ser la impetuosa Reina de Vanidades. Se miraba ante el deslumbrante espejo que parecía aderezar con sus vestiduras también tapizadas de los mismos prototipos».

Así relataba el hada Hojita, mirando a Melanie tornar a su real apariencia de solemnidad de los espejos.

«–¡He vuelto! –se dijo Melanie Malvista, idolatrando magnificencia ante el colosal espejo.

Se manifestaba petulantemente, pareciendo aún estar ataviada por vanagloria del exterior al interior. Justo dibujaba maligna placidez cuando los espejos de sus atuendos se desplomaron y tomaron vida en una sola fisionomía, parecían la réplica de un humano, que poseyera por piel y atuendo espejos».

Relataba el hada Hojitas, quien añadía: que conste que ella no me puede ver, ni sabe que soy esa hada que desde niña le perteneció.

«–Melanie Malvista, en adelante nos vestirás con real belleza, la vanidad, la petulancia, la vanagloria o cualquier otro adjetivo calificativo infeccioso que ataviaras será reprimido, pues; su labor principal será velar por el bienestar de su nieto Cesar Adalberto Lejano Malanoche, y yo, por supuesto, he sido

> *depurado, expiado de su nociva, obsesiva, compulsiva vanidad y de hecho, pudiste penetrar la sagrada nirvana porque en su merced ya no hay perfidia.*

–Quiere decir que ahora mis adeptos espejos son… –titubeante se manifestaba la divina reina.

Levemente permaneció meditabunda la hermosa reina, hasta que la criatura de espejos repusiere descripción sobre su nueva belleza que vistiera de lo intrínseco a lo exterior».

Mencionaba el hada Hojitas, quien parecía ser la narradora de este cuento, que ahora si era de hadas, porque existía ella, pese a que la reina y el adepto con el que su excelencia departiera, ni el uno ni el otro le pudiere mirar.

> *«–Somos de nobles reflejos y en adelante nuestra esencia será la pureza, moraremos en palacio de La Flor de Ceibo, que fue donde comenzó todo, porque aunque actualmente lo llamen; palacio del Ceibo y Fuego, ahora todo será imperecedero, como un bautismo de renovación, su merced deberá proteger a su hija y nieto; pues, su aun consorte, Lucero, Lucifer el ángel de luz, dígasele Malock Malanoche, volverá tras los pasos de los suyos –advertía aquel adepto a quien la imperiosa soberana le miraba altaneramente; pero dejando en su sonrisa percibir ese brío de integridad.*
>
> *–Malock Malanoche y yo volveremos a vernos y mis adeptos espejos ahora serán de nobles reflejos –apuntaba la Reina de los Espejos.*
>
> *Cavilaba Melanie sobre un posible perentorio peligro que acaecería para sus seres amados. Pero, ojo, muchísimo ojo, porque no todo es como lo imaginas, seguramente seguimos interesados en conocer, ¿Qué pasara en este cuento? ¿Cuánta magia habrá?»*

Refería el hada Hojitas, insistiendo en que algo mágico sobrevendría.

> *«–Efectivamente, pero valga la redundancia, no está demás advertir que no todos los espejos dicen la verdad, esta vez su merced contra su consorte reñirán, puesto que; los de impuros reflejos a su favor estarán y los de nobles reflejos sus adeptos seremos, mi señora de los dechados, usted fue, es y será nuestra Reina de los Espejos –dijo el adepto, iluminando la tez de la hermosa Melanie Malvista de Malanoche.*
>
> *–Querido, yo siempre seré Melanie Malvista, por tanto, he dicho, que ante mi nieto no mostraran poseer dones especiales para tener contacto con él, no es mi deseo que la vanidad corrompa su alma como lo ha hecho con multitudes –indicaba Melanie, manifestándole a su fiel lacayo de los reflejos, y en respuesta ella escuchó un leve deseo de impugnar su santa voluntad –comentaba la pequeña hada Hojitas, es que por cierto lucía un atuendo de espejos, casi parecido al de la reina, sus pequeñas alitas la sostenían en el aire.*
>
> *–Estimada señora de los espejos, en tal caso, ostento que; coexistiremos ante su nieto; pero puedo vaticinar que futuramente, muy expertamente el delfín Cesar Adalberto Lejano Malanoche tendrá un encuentro con la magia y la fantasía; pues será su lema "la belleza, el arte de*

verse bien.", cuyo lema lo hará víctima de virus de la vanidad, directa o ya se sea indirectamente».

Con aquellos vaticinios del adepto espejo uno y otro desaparecieron del esplendoroso paraninfo del purgatorio y lo último que de Melanie se escuchase fue su negación.

Relataba el hada Hojitas.

§

.

Poderoso Señorío

—El mundo no es de los madrugadores, sino de los que se sienten felices al despertar, así que ¡Buenos días, seres del cosmos! No soy un ave fénix, sino una reina con ímpetu bestial que consiguió vencer los avernos —relataba la impetuosa Reina de los Espejos, auscultándose de ella únicamente la frecuencia de su dominante voz, mientras entre las nubecillas se percibía a la pequeñísima hada madrina llamada; Hojitas, quien escuchaba lo que prosiguió departiendo la reina.

—Esta vez no consentiré que un pajarraco detalle mi cuento, porque esta no es la historia escrita por una pichona con ínfulas de mejor vendida, ahora les contaré lo que sucedió después de que los espejos perdieran su control sobre mi mente y que la bondad se apoderara nuevamente de mí, devolviéndome lo que nunca le había vendido a Malock, lo que siempre él me había hecho creer yo le había transferido. Sí, esa soy yo, Melanie Malvista, la que realmente honores a mis apelativos hice, fui mal vista por todos, pero heme aquí, una Reina de Vanidades que murió por amor y resurgió como el ave fénix.

Vengan, échenle un vistazo a lo que acontece en el averno, sí, es Malock Malanoche.

Narraba el hada Hojitas, mirando a Malock encumbrarse de su sitial, salir de su sede real, una vez fuera del Alcázar de las Flamas, enormes alas se abren para darle aforo al expedito vuelo con el que crea un agujero que lo conecta al antiguo Reino de los Espejos, sobrevolando realiza pequeñas maniobras que de toda la ciudad de los espejos y el averno las partículas de espejos se levantan y son muy mínimas, que lo único que se puede conformar es un leve gris puntito, mientras la nociva voz del antedicho ente se auscultaba musitar:

—Es increíble como el mal sea como este pequeñísimo deslucido punto, empieza con una chispita y puede ocasionar incesantes llamas, capaces de devorar el mundo entero –dijo Malock, contemplando el leve punto gris que en sus manos tenía–. Después de todo, soy el mal.

Acto seguido sus macabras acciones dieron espacio a que aquel leve, muy leve puntito fuera como portal al mundo de los mortales, e introduciendo el vértice de su uña del dedo índice, Malock lanzó una chispa de fuego que caería entre los terrenales.

> *«Justo en ese momento, en un florido campo al norte del palacio del Ceibo y Fuego, a un rancho había caído aquella insípida chispita que causó tan devorador mal».*

Relataba el hada Hojitas, mirando como aquella chispita causó semejante hoguera.

> *«Y por bocanadas de fuego, de ese mismo vehemente ímpetu se veía la figura de un ave mitológica, legendariamente conocida como; ave fénix, cuando el fuego cesó se vio entre la opacidad de la humareda la figura de una reina, la fresca suave brisa limpió la humareda y se dejó ver el semblante físico de tal soberana y justamente era la mujer que hacía tantos años hubiese fenecido, la que todos temieron por décadas a quien llamaban; la deletérea Reina de los Espejos, ella tornaba, su semblante igual, hermoso, natural, con vivaces tonalidades de aderezo, era la misma e inigualable mujer ataviada y ornamentada con espejos, traía su viejo báculo con efigies de sol, luna y estrellas, reía suavemente con malicia. La naturaleza por completo enmudeció hasta su eco se escuchase expresarse, mientras ella hacía alarde de su regreso, tras de ella y escurridizo se esfumaba Malock Malanoche, su aun cónyuge, en ningún instante sintió que junto a la grieta de su regreso su portal se conectase al del malvado más conocido como Lucifer».*

Contaba el hada Hojita, a quien, por razones personales, no podría mirar Melanie.

–Tranquilos, admito que me destrozó mi fragmento de materia, me destrozó la falacia por cual fui inmolada; pero también consiento que me hizo mirar hacia el porvenir y me hizo entender que todo en esta existencia tiene un motivo, un porqué, y que cuando hemos sufrido mucho, llega el día en el que todo empieza a doler menos, sobre el espejo se refleja la sonrisa; pero sobre el dolor se refleja el alma, y terminamos cavilando que los espejos solo sirven para vernos por fuera; pero nuestras palabras, acciones y vivencias sirven para vernos por dentro, por tanto, que nuestro reto sea superar el reflejo que cada mañana vemos en nuestros espejos, yo deseo, no, sonará mejor si digo, necesito purificar mi alma, he de ayudar a mi hija a ser feliz, entonces podré irme en paz de este cosmos al que posiblemente ya no pertenezco, así que déjenme contar mi cuento, a partir de este renglón; pero obviamente si necesito de ti –dijo Melanie Malvista, apuntando y viendo al torogoz Chelito Colorín.

–¡Melanie Malvista! –dijo exclamatoriamente Chelito Colorín, sorprendido en ver a la Reina de los Espejos–. Ni con todos mis kilos vividos, hubiese creído que vería una versión buena de ti, mírate, hasta te vez hermosa siendo buena y sonriente, kilos de agradecimiento siento que me hayas escogido para ser quien reescriba tu historia –dijo Chelito Colorín a la dulcificada Reina de los Espejos.

–Cariño, nadie debe saber que estoy entre los mortales –advirtió Melanie Malvista. Chelito Colorín inquirió con apresuramiento.

–¿Por qué?

–¡Porque te creerán loco! –Y aquella contestación de la reina, era del todo cierta en la mente del torogoz, quien añadiera comentarios al respecto.

–Ay, Melanie, qué considerada, mejor..., seamos felices, total lurias ya estanos –dijo Chelito Colorín, Melanie vislumbró un leve gesto de sonrisa preclara.

–¡Magnifico! –expresó Melanie.

–Querida Reina de los Espejos, le invitaría a mi nido; pero no posees alas –dijo el ave, y ella sorprendiéndole expuso sus alas de espejos y fuego.

—¿¡Y quien dijo que no!? Poseo lo que el matrimonio con Malock me dejó. Se vieron con risibles gestos—. El matrimonio puede ser una obscura experiencia; pero también deja sus buenas cositas —dijo ella.

—Ah, vaya, que cachimbón que valió la pena ese matrimonio, así se hace, sacarle todo a ese macho sinvergüenza, ¡Que chivo! Alcemos vuelo pues— Se detuvo viendo a Melanie volar y decía—. ¡Qué chévere! Por mis plumas, vuelas kilos de mejor que yo, hacía tantos kilos de periodos que no miraba vuelos como el suyo —adulaba una y otra vez a la Reina de los Espejos que lo tenía seducido con tan hermoso ser.

«Mientras, en el palacio del Ceibo y Fuego».

Continua la narración del hada Hojitas, ahora nos conlleva a actualizarnos de lo que ha sobrevenido y sigue aconteciendo en el en palacio:

> *«Los regentes Chantal Anahí y Adaly auxilian a los dóciles nuevos soberanos: Kamiran Xavier y Meghan Juniana, quienes tornarán afrontar el legado del Reino de los Espejos y fuego. Pero mientras tanto, todo parece ser perfecta atmósfera de bienaventuranza, las familias del reino han incrementado, la tecnología ha regalado majestuosos avances. Los literales soberanos Kamiran y Meghan, han fortificado una relación de la cual poseen un fruto de nombre: César Adalberto, nieto de los guíes Chantal Anahí y Adaly; pero también de la casta del señorío de los espejos; Malock y Melanie. El delfín César Adalberto había nacido una mañana del extraño frio otoño de 1833, en la mágica tierra de del Ceibo y Fuego; pero un año después también nació Melva Sahara, hija de Samara, empleada de palacio.*
>
> *Y aun siendo en el desfilar de los años 1833, el Torogoz Chelito Colorín no había conseguido la ambicionada fama, así que había optado por reabrir el portal de la vanidad, quería notoriedad al costo*

que fuera, sin importarle cuánto sufragaría y a quienes arrastraría en su fanática obsesión por la gloria. Malock lo complacería con el firme objetivo de tornar al mundo de los eméticos, puesto que, en aquella ocasión con su hija la princesa Meghan Juniana, no había culminado el que se le hubiera vencido y esta vez vendría por ella, la convertiría en la princesa del reino de las flamas, y a su vez también vendría por su nieto César Adalberto».

Relataba tranquilamente la vocecilla de la impetuosa hadita, cuando de golpe nos había adentrado a la habitación del pequeñuelo de cuna, donde por cierto se hallaba su sombrío abuelo Malock Malanoche.

–Soy inmortal, llámame Ángel, Lucifer, Lucero, Luzbel o también su excelencia Malock Malanoche, tu ascendiente –dijo Malock hablándole a su nuevo ascendiente, dicho de otra forma al futuro príncipe de los avernos, su nieto César Adalberto

La soberana Meghan Juniana no estaría dispuesta a consentir el mal fruto en su estirpe, había permanecido unos instantes, escuchado a su biológico padre hablarle al que ahora es hijo de ella y nieto de él.

–Te mostraré cuan poderoso será nuestro señorío –dijo al pequeño de la cuna, se acercó a su nieto, estaba a solo de centímetros de los ojos color fuego del infante cuando tanto sus ojos como los de su nieto compartían matiz, su hija improvisadamente le habló como reprendiéndolo, con su simple aspecto, con esa actitud de mirada negada, pues, era una de los ya conocidos signos de su condición asperger.

–¡Diablos, no! Con mi hijo no. Él no es tu nieto, y si lo fuera, heredó la nobleza divina, la que Dios esgrimió en ti al llamarte: Lucero, sello de perfección, ahora sinónimo de traición –contestó la ahora soberana Meghan Juniana arremetiendo en defensa de su pequeño hijo, por supuesto su padre, abuelo del infante, respondió al ataque verbal de su hija:

–Sí, Diablos, soy su abuelo, aunque lo niegues adorable reencarnación del mal –señaló Malock, manejando una leve sonrisilla diabólica pero fascinadora–. Cuan notorio es que mi hija ahora goza de posesiones y título de reina.

–No, no, y no; mi hijo no es estirpe de tu ralea. Ni lo sueñes, mi hijo no es descendiente de Lucifer, ni de Malock, Diantre o como te llames, mi hijo es descendiente de Lucero.

Como cualquier buena madre, defendía el linaje de su hijo, a lo cual refutase Malock.

–Querida hija, mi nieto es un adonis como yo, tu padre, ahora yo soy el rey de la vanagloria y él, el príncipe del envanecimiento, prepárate que has de irte con tu papi, porque mi nieto César Adalberto y yo, ya decidimos que reconstruiremos el señorío real que somos –dijo advertidamente Malock; pero de repente una frecuencia se escuchó deliberar en susurro diciendo el apellido del ignominioso hombre de espejos y fuego.

–¡Malanoche!

Y el siniestro le respondió al instante de haber reconocido esa incomparable sensorial voz.

–¡Malvista! ¿Lo ves! Preferiste tu alma en lugar de disfrutar nuestra casta. Lo que debimos ser la alcurnia real de los espejos –contestó el ignominioso Rey de los Espejos al ánima de su extinta esposa, Melanie Malvista.

–Seremos el señorío de los espejos –dijo Melanie, guiñándole el rabillo del ojo izquierdo a su hija la reina Meghan Juniana, con lo cual le hacía entender que algo se traía entre planes–. Y yo, seré la ilustre regente de ambos reinos.

Madre e hija estaban en contubernio, según sus gestos corporales así lo demostraban, engañarían al infame rey.

–Padres míos, en nombre del linaje de mi hijo, el delfín César Adalberto, os pido clemencia, respetadnos, hemos olvidado que poseemos sangre infectada de vanidad.

–Hija mía, es innegable la vanidad, pues; es parte de todos, es como querer verter tu sangre, no puedes, la vanidad, como cualquier otra peculiaridad, es normal en los humanos, solo hay que aprender a dominarla y no ser sometidos por tal imperfección –contestó su madre, Melanie Malvista, con su gesto de desapruebo, Malock adhirió:

–Todo el mundo es vanidoso, los obesos, los grotescos, los pobres, la plebe, la gentuza, la chusma y los de alcurnia. ¿Por qué no mi nieto César Adalberto, que es justamente el nombre de un gran emperador terrenal? –se explayaba enorgullecido de su hermosísimo nieto con ojos de fuego, era obvio que no consentiría estar separado de su nieto, después de todo hasta el diablo tiene ese puntito muy recodito pero que si lo extirpas brotara su lado bueno, porque antes de ser diablo fue un ángel de lindeza–. Sus apelativos significan persona de elegancia, de corte con barba y belleza, que brilla con luz propia por ser su segundo apelativo Adalberto –expuso el rey Malock a su hija y a su aun resurgida consorte Melanie Malvista.

–Hija, tú y nuestro nieto, son los preservadores del linaje de los espejos, procura mantener nuestras existencias, no nos rechaces, somos tus padres, y el delfín César Adalberto, es nuestro retoño, haz que los espejos brinden su mejor reflejo, ya sea en bondad o maldad –dijo Melanie procurando satisfacer tanto a su hija como a su consorte que con la mirada sentía desafiar a su reina.

–Márchense, si mis suegros, sus excelencias Adaly, Chantal Anahí y mi consorte Kamiran Xavier, les miran me repudiarán, al menos por ti egoísta padre mío –refutó Meghan Juniana, percibiendo el descontento de su padre Malock.

–Pero somos tu cuna, ahora tú eres de su familia y ellos de la mía –objetó Malock desafiante con sus palabras, y sosegadamente la ahora reina Meghan Juniana les decía:

–Padres míos… ¿Cómo puedo decirles que usted es mi padre y deben aceptarlo si usted es…? –Se resistió a decir el calificativo ideal para su padre, permaneció pensativa, intentando encontrar un denominador que no degradara más a su progenitor–. Si usted fuera –titubeó la reina Meghan Juniana, como si esto fuera la premisa de un expectante por venir.

–¡Bueno! –añadió Melanie, y la hija de ambos amplió aquel mencionado comentario, y es que precisamente el Rey de los Espejos y también del infierno, una vez fue bueno, y posiblemente eso quería ver en él para que exista la posibilidad de ser invitado a una tertulia en palacio del ceibo y fuego.

En ese momento apareció el hada Hojitas, consiguió poner gélidos en el tiempo a la familia de las vanidades y murmuraba sobre una posibilidad de algo increíble.

«O sea, déjenme cavilarlo, la pequeña reina Meghan Juniana, hija de este par de vanidosos, osa que…, el diablo, el que todo llaman santo cachón, diantre,

> *Lucifer, Satanás, Belcebú, y tantos seudónimos más, quieren ver a Malock Malanoche como el bueno».*

Exploraba al solidificado rey Malock.

> *«Por todos mis espejos, ¿puede alguien sacar el lado bueno del diablo? Él, es el rey del mal, sobre cualquier indecoroso que exista».*

Después que el hada Hojitas se hiciera tal cuestionamiento, el tiempo siguió su curso.

—Justamente eso, bueno, lo que no podrías ser, ni si quiera por tu familia. Y Malock objeta al pensar que Melanie lo estaba retando.

—¡Soy el diablo! Y ambas reinas coludidas le dijeron:

—¡¿Y?!

Aquella afrenta, era más un reto, sin embargo, era difícil que Malock, siendo célebre por ser el demonio, fuese posible de tornar a ser quien un día fue, sería como darle un tremendo giro a la historia de la humanidad.

—Ser bueno no me luce —eludía Malock, las reinas lo miraban aun retadoramente, asediándolo para que entre sus alegatos llegase a la idea de por lo menos intentarlo—. Llámame diablo, es mejor que Malock, sea suficiente para que respeten nuestro existir, porque somos más que ellos, yo soy un pulcro ángel, sigo siendo lucero con piel y alma de Lucifer. Ángel caído, ejemplo de belleza e inteligencia a quien dicen la soberbia hizo perder posición en los cielos, transformándome en Satanás; pero omiten decir que comparten mi alud, porque ellos son idénticos a mí, solo que aparenta ser mejores que yo. Ese soy yo, tu digno padre, sigo siendo el portador de luz, solo que traigo conmigo más que luz, fogatas, incendios, llamaradas, no me ando con poquitos cuando de dar o recibir se trate; pero disminuyéndolo soy un fosforito hermoso —dijo Malock, risiblemente miraba a sus dos mujeres más veneradas.

—Y si pudieras comportarte no como Luzbel, sino como Lucero, el ángel que Dios creó con belleza y bondades, la perfección que se visualizó, al menos podría ponerte ante ellos —dijo su hija, anteponiéndole el reto de comportarse como Lucero, el ángel más hermoso de la creación, olvidándose del cancerígeno de nombre diablo, ese reto de su hija, lo tenía en fluctúas–. ¿O es imposible que lo puedas hacer?

Aquella interrogante recorrió cada molécula de su cuerpo, introduciendo en su sangre como reto de conseguirlo con tal de complacerla.

–Piénsalo, Malock, nuestra hija solo desea presentarte ante ellos. Pero debes tornar a ser Lucero, dejarás que el fuego habite en tu interior y no en tu exterior, aunque luzcas un traje de espejos y con alas, serás el bondadoso Lucero, ángel de perfección, ¿puedes o no puedes fosforito mío? No creo que las incontables décadas hayan deteriorado esas virtudes de buen angelito. Indicó Melanie–. El malvado le miró a ella y después se dirigió a ambas.

–Me piden retroceder, doblegar mi orgullo, entonces sería una burla ante mis espectrales ejércitos.

Tras la negación que rotundamente oponía Malock, su hija, la reina Meghan Juniana replicó:

–¿Y qué hay de malo en reconocer que nos equivocamos y que podemos rectificar? La ceguera espiritual se termina cuando reconoces en lo que estamos mal.

–Los malos también se arrepienten y tienen derecho a cambiar, ¿Por qué no tu Lucifer, Malock Malanoche? Tú que eres mi padre lo puedo hacer, si en verdad quieres estar en la vida de mi hijo, muéstrame que eres capaz de ser un individuo que merezca indulgencia, la que por cierto conmigo no tuvieron–. Meghan Juniana esperaba una respuesta, Melanie ante el silencio de Malock dijo:

–Lo hará, tu padre lo pensará muy bien antes de declinar tal propuesta–. Desaparecieron Melanie y Malock, dejando a su hija a la espera de un mejor porvenir.

–Ansío que así sea, padres míos, porque realmente anhelo decirles papá y mamá porque lo merezcan, si consiguen hacerlo, entonces los invitaré al reino y compartirán junto a mis seres queridos – dijo entre pensamientos la reina Meghan Juniana, mientras observaba los ojitos de su hijo, que en realidad eran como impetuosas brasas en su mejor apogeo.

§

Primor Conservado

«Diecinueve años más tarde, Cesar Adalberto, era ya un encantador príncipe, por cierto, no es por libido mía; pero es guapo, guapísimo, apuesto que cuando lo veas, dirás que superó la hermosura de Lucero.

Y he allí, los abuelos, siempre riñendo, pues; después de diecinueve años de pensamiento, los reyes de los espejos y fuego han buscado la forma de revertir el lado diabólico de Lucifer, para que torne a ser lucero, obviamente, su majestad, Melanie Malvista, ya tiene opciones y solo le falta un elemento para borrar la mente de Malock y volverlo a su vida de Lucero».

Contaba el hada Hojitas–. Déjenme llevarlos a otro territorio, muy; pero muy lejos de la ciudad y reino de Ceibo y Fuego –dijo en su rememorar la hadita Hojitas, esa que en despejado vuelo salía del palacio–. Iremos al reino de las musas y númenes, el imperio de la boga, allí conoceremos a la disque familia real McRadcliffet Pylsener.

Y bastaron unos soplos en destello de pulverizados espejos, y Hojitas nos había introducido a la mansión de la arrogante Ivania Cheryl Pylsener Keller.

«Bueno, Ivania Cheryl fue una plebeya, una más de las hermosas amantes del rey Ernest, fue la cortesana favorita del difunto rey Ernest McRadcliffet. La señora Ivania Cheryl era mayormente conocida por sus cuantiosos acontecimientos en la boga, desde que su hijo fuera muy chico, se había obsesionado con manejarlo como un ejemplo de belleza masculina, quitándole el derecho de libre albedrío, y aunque su

hijo bastardo obtuvo legitimidad por el difunto rey, la madre del noble no aceptaba que su hijo sería un príncipe sin derecho a la corona por lo cual pretendía volverlo célebre en numerosos reinos y naciones del mundo, tramando la idea de un día tornar para arrebatar la corona de las musas y númenes.

Por su parte el príncipe Wallis Antonio McRadcliffet Pylsener, toleraba lo que su madre mandaba; pero en su interior rechazaba concursar, argumentando que su madre estaba imponiendo estilo, ya que los certámenes de belleza debían ser solo para señoritas y ella, se había propuesto la meta de hacer populares tales certámenes.

Para que su hijo siempre ganara, ella se valía de cualquier recurso, aunque este fuese ilícito».

Describía Hojitas la vida de la familia McRadcliffet Pylsener, ya estaba en el interior de la mansión, allí en el pomposo salón de solemnidades.

Esta mañana el joven príncipe Wallis Antonio, estaba en el salón, practicando sus pasos sobre la pasarela, su irreverente madre lo observaba, y déjenme hacer un paréntesis, creo, y no es por juzgar solo por apariencia, de buenas a primera; pero creo que Ivana Cheryl es una autentica bruja».

Contaba Hojitas como era la rutina y vidas de esta familia, que, aun así, tenía parte de la realeza.

–Hijo, actúas más inútil que los desventurados feos. Debes cuidar todo detalle, absolutamente todo, a los lindos se nos busca cualquier desperfecto en los certámenes –dijo Ivania Cheryl, a quien su atento hijo, el príncipe Wallis Antonio le dijese.

–¡Madre! No debes ser tan despectiva.

–Desdichados los feos, porque de ellos es la fealdad –dijo Ivania Cheryl, y el príncipe Wallis contradecía a su madre.

–Pues, venerables sean los de embelesadas almas, pues; son los únicos que saben expresar la verdadera esencia de la belleza.

Las palabras dichas auscultadas de su hijo, molestaban la tranquilidad de la altiva madre.

–¡¿Verdadera belleza?! Hijo, debes aprender que, si algo es verdadera belleza, eso eres tú, muchos no te llegan ni a los talones, tendrían que intentar morir y renacer para quizás brotar con un poco más de primor.

–Sí, madre, verdadera belleza, la mía es belleza a base de severos y dolorosos métodos –argumentó el príncipe Wilian Antonio, haciéndole entrever a su madre, de lo errónea que era su belleza–. Descuida hijo mío, estoy arreglando que eso sea historia, en adelante se innovarán productos denominados como: aderezos, afeites, cosméticos que podrán cubrir los desperfectos y nadie sabrá que estarás aderezado, serás una belleza perfecta, los epítomes contaran del príncipe de la belleza, de ti, mi adorable hijo, Wilian Antonio.

Nuevos procedimientos pretendía introducir Ivania Cheryl para conservar el primor de su hijo.

–Nos está costando un caudal mantenerte en primer; pero estos procedimientos de embellecimiento prometen ser más favorables.

–Madre, lo que propones pausar la fealdad, eso es el estetismo, afeamiento en pausa, porque mejor no competir sin embelecos, sabes que alguna heredad va a existir alguien que supere mi lindeza y deberás reconocerlo y aceptarlo, aunque seas tú quien haga y deshaga los reglamentos de los certámenes que manejas.

A Ivania Cheryl le desagradaba la idea de que existiera alguien más hermoso que su hijo; pero sabía que en algún momento saldría el rival digno de enfrentar las victorias de su hijo, que quizás ni merecidas las haya tenido.

–No te preocupes, criatura más hermosa que tú en el género masculino no existe, y en unos días viajaremos al reino de Ceibo y Fuego, allí estableceremos el nuevo certamen, ya concerté una tertulia entre los reyes de la heredad –comentaba Ivania Cheryl.

–Pero he oído decir que el primor del príncipe Cesar Adalberto es inigualable, según relatos, es el nieto del hombre más hermoso del cosmos.

–Hijo, Lucero fue hermoso, después de convertirse en Lucifer, perdió esa virtud.

–No lo creo, madre, en las diferentes heredades se habla de lo insuperable de la belleza del nieto de Lucifer y esa tal Reina de los Espejos y si he de concursar contra él, difícilmente el diablo me dejará ganar. He escuchado que sus ojos son preciosidad, como el brío del fuego del infierno, que su lindeza supera a la de Luzbel.

–Al diablo y los suyos, se les derrota con sus mismas armas, trampas, el diablo por viejo no dejará de ser diablo, hará trampa y allí es donde le daremos su merecido, lo haremos caer, además sé de buenas fuentes que ese príncipe sufre de un extraño comportamiento psicológico o neurálgico.

–Madre, si piensas en lograr metas haciendo maldades, créeme que fallarás más tarde que temprano.

–Mi objetivo es desposarte con una princesa, y para ello te crearé fama, después te echarás a dormir; es decir no necesitarás hacer nada para llegar a ser rey, las insulsas princesas desearán desposarse al famoso príncipe de la belleza, hasta tu hermano tendrá envidia de ti, sentirá celo de que el bastardo sea mejor que él.

Pero el príncipe Wallis Antonio rechazaba los medios que su madre utilizaba para conseguir sus fines.

Por otro lado, Melanie vista a Chelito Colorín, con quien comparte la idea de convertir a Malock en quien había sido antiguamente, Lucero.

–Cumple sus sueños solo quien persiste –dijo Chelito Colorín a Melanie.

–Lo sé, conocí a tu colega –respondía Melanie–. Y creyó en sus ideales.

–Ah sí, de tantos colegas, ¿A quién? –replicaba Chelito Colorín.

–Se llamaba Dulce Miel de Abeja, recuerdo que fueron muy duros sus inicios. A nadie le importaba lo que ella escribía, ignoraban su talento. Le negaban oportunidades por no tener experiencia, es más, ella me preguntaba: «¿cómo adquiriré experiencias si no se me da la oportunidad

–Eso está kilos de duro, porque lo he vivido, sino posees peculio, bonito rostro, tu talento vale un elote loco, vales más tú en tu lindo tacón que mi feíto rostro –dijo Chelito Colorín.

–Que ocurrencias tienes, Chelito, adoro charlar contigo, en mis tiempos finales, cuando era una veterana horriblemente arrugada, sin un pie, sin un ojo, sin dientes, donde mi rostro tenía más arrugas que buenas almas en el mundo. Nunca podría olvidar que antes de que alguien le diera la oportunidad a esa tonta paloma Dulce Miel de Abeja, fui yo quien le dio el impulso, cuando vivía en aquellas ruinas, donde fallecí, allí me visitaba ella, según que por servicio social y solo era por sacarme información, sobre el que me había llevado hasta ahí, y de repente me hizo saber que de mis vivencias habría hecho una trilogía de libros, el solo escucharnos la una a la otra nos hizo desahogar, ser amigas y hasta pelearnos pero siempre reconocernos como amigas, obvio esa paloma buche costoso, con sus atrevidas mollejas se atrevió a enriquecerse con mi historia –le contaba Melanie a su amigo Chelito Colorín, increíble como un ave se había convertido en un gran amigo de ella.

–Melanie Malvista, no eras tan bruja como parecía, tenías kilos de sentimientos ocultos –la adulaba Chelito Colorín.

–No, no estaban ocultos, habían sido embelecados por el maligno, mismo que goza ahora de ser mi consorte por la imperecedera eternidad, con quien poseo la dinastía de los espejos, mi hija y mi nieto –le confesaba Melanie, de pronto Chelito Colorín le dice:

–Querida amiga mía, jamás los mortales serán normales, en sus linajes por legado brota el pecado.

–La maldición no está rota si aun coexisten fisuras por donde el mal penetre nuevamente –dijo Melanie y entonces el escritor Chelito Colorín añade:

–No solo Lucifer es malo, si sales a volar por las naciones del planeta, veras muchísimos Lucifer en cuerpo de hombre y mujeres, desde que obtuvieron libre albedrio, los humanos hacen y deshacen, y finalmente terminan buscando un responsable de toda su podredumbre, ¿y quién es ese culpable? ¡Lucifer!

–Admito que tienes razón; sin embargo, históricamente él representa el mal. Bueno, dejando un tema por otro, he venido aquí porque necesito que asientes en tus escritos un nuevo giro en la vida de Lucifer.

Aquella proposición de Melanie puso de punta las plumas de la avecilla, las mollejas tiesas del espasmo.

—¿Yo escribir sobre el diablo?

—Si, tú mismo —señaló Melanie.

—Y si me arranca las plumas porque se entera de que lo hice, y tras de eso aborrece mi escrito. —Temía Chelito Colorín escribir un nuevo capítulo en la historia de Lucifer—. Mi hija quiere a su padre Lucero, ese bandido que dice llamarse; Malock Malanoche, que obviamente sabes que es el tan menciona diablo.

Chelito Colorín la miraba expresándose con deseos de complacer a su hija, no pensó que un día vería el lado maternal de la reina y menos un lado paternal por parte de Lucifer

—El asunto es que haremos un ritual.

—¿Haremos? —Cuestionó con sus temblorosas plumas.

—No, no serás tú, invocaremos a Drácula, es un legendario vampiro —explicaba la Reina de los Espejos.

—Yo sé quién es Drácula; ¿pero piensan despertar un demonio y traerlo al mundo real?

—¡No! —respondió Melanie, y curiosa la avecilla la cuestiona otra vez.

—¿Entonces?

—Iremos al averno.

Cuando escuchó lo que dijo la reina, la avecilla casi se desploma, se sentía sus palpitares agitados del miedo.

—¿Al infierno? No pues, por mis kilos de vida que no iré, no y no, es no.

—Sabes que podrías escribir la historia del nuevo Lucifer, imagínate cuan célebre podrías ser—. Parecía que las palabras de la reina seducían al hambriento de popularidad—. Tú podrías ser, el primero que cuente una nueva historia, esas preguntas que nadie se hizo, ¿Qué hubiera pasado si Lucero hubiese doblegado su ego disculpándose por haber obrado contra Dios? —objetó Melanie intentando atrapar la atención e interés del miedo Chelito Colorín y una vez cautivado este le dijo:

—Sí, imagínate; ¿Cómo hubiera sido la historia si el diablo no hubiera existido?

—Mejor aún, ¿cómo será Malock siendo el ángel Lucero? Esto es algo insólito, sino existe el diablo, ¿existirá el mal? —dijo Melanie, quien parecía haber convencido a Chelito Colorín de ir al infierno con ella.

–Muy bien, ex bruja de los espejos. Dime entonces, ¿Qué prosigue? Porque equipaje no llevaré al infierno, si me invitas, viajo con gastos pagados, exijo mis viáticos incluidos en el contrato de exclusividad que haremos –advertía Chelito Colorín–. Partiremos ahora mismo, no hay otra opción, Malock aguarda por nosotros.

–¿Ahora? –inquirió Chelito Colorín, cuando sin preguntársele había sido trasladado hacia el Alcázar de las Flamas, a donde apareció frente al trono de las flamas, perplejamente miraba todo, hallándose en el infierno–. Esto es… –titubeaba y justo la respuesta vino de la embocadura del diablo, quien le respondiera:

–¡Bienvenido al majestuoso Alcázar de las Flamas! –exteriorizó el diablo Malock.

–¿Alcázar de las flamas? Suena más chivo que infierno. –balbucía Chelito Colorín.

La reina había tomado su lugar en el trono, cuando inesperadamente, de un sobresalto a otro iba la avecilla, y es que ante sus ojos vio como tornaba de la nada un sarcófago, del cual Malock hubiera despertado a Drácula

–Dra, dra, dra… –temblequeaba la vocecilla de literato Chelito Colorín.

–Drácula, bienvenido nuevamente a mi esplendoroso alcázar –dijo Malock a Drácula, quien tornándose en el conocido gallardo replicara:

–Heme aquí, a vuestra invitación acudo –articuló el gallardo vampiro llamado; Drácula.

–¡Magnifico! –expresó Malock.

–El meollo de la convida consiste en que debemos eliminar de la mente de mi cónyuge absolutamente todo, como reanudar su historia –profundizaba Melanie, a quien el ave Chelito Colorín y el vampiro Drácula mirasen con esmero.

–Bien, ¡entendido! –eludió Drácula.

–Deseos de mi hija –reveló Malock.

–O sea que; después de todo, el diablo tiene su lado candoroso. –ostentó Drácula–. Si lo he comprendido bien no me corrija; pero, por lo contrario, háganlo sus majestades, lo que ustedes pretenden es, evitar el momento en que floreció Lucifer.

–¡Correcto! –expresó Malock.

–Debemos devolverlo justo a la época antes de su yerro –compartió Melanie, acto seguido de analizar las reacciones corporales de los presentes ella les dijo–: si a mi hija se le antoja un padre bueno, pactaré con el mismo tiempo por dárselo, porque aún hijo no se le debe negar ninguno de sus padres.

–Sus excelencias, es menester anunciarles que necesitaremos de alguien más para que vuestra hija tenga a su padre, como su apetencia sea –les comentó Drácula. Los reyes y Chelito Colorín ansiaban escuchar sobre que develaría Drácula.

–¿A quién? –Al mismo tiempo los tres lo cuestionaron–. Necesitamos apelar la presencia de una criatura de la mitología griega.

Cuando Drácula mencionara aquello, Malock se puso en pie y replicaba:

–¿Hablas del ave que vivía en el jardín del paraíso, justo en un rosal, en el periódico tiempo de Adán y Eva? Respondedme a mi quietud.

–Es correcto –señala Drácula, seguido se explayó diciendo–: Amparados por el ave fénix conseguiremos reiniciarlo todo en él, no en el curso de la humanidad –advertía el vampiro, todo estaba marchando como deseaban Malock y Melanie para retornar al lapso en que Luzbel dejó de ser Lucero.

–Drácula –dijo tenuemente Malock–, es conocido que los vampiros tienen el don de hacer olvidar mundologías, inclusive quien fui, por ello es que he solicitado tu presencia, porque solo no puedo hacerme tal ritual. Conde Drácula, estamos listos para hacer todo de inmediato, pues; nuestra hija está sola, sus padres adoptivos han fenecido –dijo Melanie al conde vampiro.

–No me vean así, ninguno, yo no los aniquilé, su ciclo de vida era ese –dijo Malock, incomodado porque se le mirase como responsable de la muerte de Irvin y Eunice, padres adoptivos de su oriunda Meghan Juniana.

El conde Drácula devuelve el tiempo en la mente de Malock, diciéndole:

–Aquí fenecerán vuestros indivisos seudónimos tales como: Lucifer, Malock Malanoche, Belcebú, Diantre, Pedro Botero, Damián, Diablo, Santanas, el maligno, Luzbel y Demonio, en adelante nada recordaras, solo tú precederá existencia, cuya fuera el adonis ángel de nombre lucero, el de perfección –balbuceó aquellas palabras justo cuando las alas de Malock perdieron el fuego, tornaron a ser como las alas de un pulcro ángel y por las mismas causalidades como un místico espíritu el fuego que poseía aquel hombre, desertó su materia, por los aires traspasó del infierno a la tierra, aquel fuego se había transformado en un minúsculo insecto, que arribó en la mansión de la impetuosa señora Ivania Cheryl, quien se hallara en una habitación acariciando el pelaje de una temible bestia a la cual le hablase.

–Tú y yo seremos grandiosas, si no funcionó siendo la cortesana del padre de mi hijo, otro me lo dará; pero voy a reinar.

Justo dijo aquello cuando la hiena prestó atención, pues; las hienas tienen un excelente oído, magnífica visión, son de una gran agilidad y asustó a su amada emitiendo aquella, su famosa risita que es como un tipo de aullido o gemido e Ivania le hablaba sosegadamente.

–Tranquila, cariño, nadie podría dañarnos, tú y yo somos madres y también lo damos todo por cazar nuestras presas, presiento que pronto seré reina, me he enterado de que la reina Chantal Anahí de Lejano, pronto fenecerá, y será a causa de un terrible virus –dijo Ivania Cheryl siendo observada por la bestia que parecía entenderla y justo en ese momento aquel insecto que poseía todo el mal que tuvo hasta hoy Lucifer se incrustó en el corazón de la señora.

La hiena aullaba mientras esta mujer parecía ser envuelta por siniestras llamas de fuego, le crecieron las mismas alas de fuego, era como si el mal hubiera escogido a esta mujer para representar la nueva versión de Satanás, esa que se sintió poderosa sobre cualquier dominio.

–Eres la estrella caída –mencionó la hiena.

Para entonces, Ivania Cheryl se había convertido en el nuevo rostro del mal, sus atuendos habían tornado a convertirse en escarlata fuego viviente, un pomposo y extendido adhesivo mostraba como si fueran ríos de fuego al rojo vivo, no terminaba de adaptarse a este nuevo yo.

–¡Yo soy Lucifer! –expresó sorprendida Ivania Cheryl librándose una expectante carcajada adherida a ella aullaba su maligna bestia.

> *«Mientras el verdadero ángel de luz, lucero se encontraba en la bienaventuranza enfrentando un juicio, sucedía que solo en la mente de Malock habría visiones del pasado, se escuchaba esas voces».*

Narraba el hada Hojitas, agregando. No es que sea chismosa; pero vamos a oír. Había situado su oído izquierdo a la puerta, aun hallándose en el pasillo de la bienaventuranza, una voz parecía argumentar sobre el ángel que hubiera tentado contra Dios.

–¡Cómo has caído del cielo, Lucero, ¡hijo de la Aurora! ¡Has sido abatido a la tierra, tiránico de naciones! Tú decías en tu corazón: «escalaré los cielos; elevaré mi trono por encima de las estrellas de Dios; me sentaré en el monte de la divina asamblea, en el confín del septentrión escalaré las cimas de las nubes, seré semejante al Altísimo» –mencionó aquella celestial entidad que interrogaba al nuevo Malock, es decir Lucero, el más bello de los ángeles; pero en la tierra, en el mundo real, allá en la mansión de la nueva señora del mal, allí, ella se empapaba sobre la historia de Lucifer y Lucero. A su presencia había citado a los demonios de sus ejércitos, los mismo con los que traicionó a Dios.

–¿Qué son los Ángeles caídos? ¿Quiénes fueron y cómo se llaman? Algunos de los más célebres son Lucifer, Semyazza, Remiel o Azazel, aunque la lista es mucho más extensa. Todos ellos cayeron por desafiar a Dios y cometer pecados como la lujuria, haciendo todo lo que les estaba prohibido: mantener relaciones con humanos y enseñarles diferentes artes reservadas sólo para ellos –le relataba la hiena a su ama, puesto que; ella aun no poseía toda la ponderación de Lucifer, no hasta que Malock fuera depurado y retornado a su título de ángel Lucero, y eso sucedería solo cuándo la corte celestial diera su veredicto.

–Remiel, Semyazza, Azazel, Yekun, Kesabel, Shamsiel, Gadreel o Arakiel, Tamiel, Azkeel –mencionó Ivania Cheryl el nombre de algunos ángeles caídos, los cuales iban apareciendo según sus menciones–. ¿Ustedes ha escuchado mi voz? –les preguntó la señora a todos sus ángeles caídos.

–Somos tu ejército –dijo el ángel Baraquiel, cuyo nombre significaría relámpago de Dios, conocido también como el noveno vigilante y fue el responsable de enseñar astrología a la humanidad.

–Excelentísima Ama, es usted el nuevo rostro de Lucifer –profundizaba la hiena, a quien el ama del mal auscultará respetuosamente, cuya bestia prosiguió su relato–: Al principio, los ángeles caídos pertenecían al grupo celestial que salvaguardaba los inicios de la humanidad. Fueron creados específicamente por Dios para velar por el hombre, y se les otorgó de entendimiento y libertad. Estas características llevaron a que muchos de estos ángeles comenzasen a cuestionar a su creador, alejándose de él y cometiendo diferentes pecados que llevó a que Dios los expulsara del cielo, desterrándoles al infierno. La mayoría de los ángeles cayeron por lujuria, aunque también por vanidad como motivos principales. Lucifer, e portador de luz, es también conocido como Satanás, aunque originalmente su nombre es Luzbel, que significa «luz bella». Es el Ángel caído más conocido de todos, ese es ahora usted, por alguna extraña razón usted ha adquirido sus dominios malignos –profundizaba la hiena.

–¡Interesante! Los ejércitos ángeles y demonios se postraron ante su excelencia Ivania Cheryl, quien tomó asiento en el diván junto a su bestia. Mientras en la bienaventuranza, al estrado estaba Luzbel, dígase Malock, seguían hablando de él.

–Eras el sello de una obra maestra, lleno de sabiduría, acabado en belleza. En Edén estabas, en el jardín de Dios –dijo la parte acusadora, mientras Malock, ahora como el pulcro ángel seguía escuchando, y conmemorando como habría sido al principio de la creación, y hasta donde ahora lo había traído el deseo de complacer a su hija–. Toda suerte de piedras preciosas formaba tu manto: rubí, topacio, diamante, crisólito, piedra de ónice, jaspe, zafiro, malaquita, esmeralda; en oro estaban labrados los aretes y pinjantes que llevabas, aderezados desde el día de tu creación.

A medida escuchaba lo que le decía, Malock tornaba a ese momento, a ser tal cual estaba siendo descrito.

–Querubín protector de alas desplegadas te había hecho yo, estabas en el monte santo de Dios, caminabas entre piedras de fuego. Fuiste perfecto en su conducta desde el día de tu creación, hasta el día en que se halló en ti iniquidad. Por la amplitud de tu comercio se ha llenado tu interior de violencia, y has pecado. Y yo te he degradado del monte de Dios, y te he eliminado, querubín protector, de en medio de las piedras de fuego. Tu corazón se ha pagado de tu belleza, has corrompido tu sabiduría por causa de tu esplendor. Yo te he precipitado en tierra, te he expuesto como espectáculo a los reyes. Por la multitud de tus culpas por la inmoralidad de tu comercio, has profanado tus santuarios. Y yo he sacado de ti mismo el fuego que te ha devorado; te he reducido a ceniza sobre la tierra, a los ojos de todos los que te miraban. Todos los pueblos que te conocían están pasmados por ti. Eres un objeto de espanto, y has desaparecido para siempre –concluía la parte acusadora, entonces Malock replicó:

–Demando, indulgencia por mis imperfecciones, fui débil, sucumbí a la tentación –dijo Malock.

Mientras tanto, en aquella aparatosa mansión, Ivania Cheryl seguía retroalimentándose de conocimiento con ayuda de sus ejércitos y bestia.

–Luzbel, querubín protector, que estaba en el Edén, pero luego fue precipitado a tierra –compartía información en ángel caído de nombre Yekun, que fue el primer seguidor de Lucifer, fue el responsable de confundir a los demás ángeles que posteriormente cometerían pecados, y que en la tierra fue el responsable de enseñar a los hombres la lectura, la escritura y el lenguaje de signos–. La soberbia fue lo que caracterizó todo el proceso de rebeldía. Satanás y nosotros pretendíamos asemejarnos a Dios. Precisamente la soberbia siempre fue, es y será considerada como el más grave pecado. De ella se derivaron todas las clases de perdición. Ciertamente la soberbia crearía contiendas perennes.

–Puede resumirse que Lucifer era un ángel muy hermoso que por soberbia se rebeló contra Dios, queriendo ser como Él, y fue denigrado como castigo, junto con el ejército de ángeles rebeldes que arrastró consigo, siendo desde ese momento reconocido como un Ángel caído. Analizaba Ivania Cheryl y su ejército corporalmente le daba contestación positiva.

–Adversario, en hebreo Satán –musitó Azrael, el conocido como ángel de la muerte. En ese momento el ángel caído Araziel, cuyo significado es «luz de Dios», es por cual los mortales aprendieron magia y brujería, este exteriorizó para su nueva ama.

–Durante los tiempos antiguos, Satanás estaba en el ámbito terrestre; es decir que había perdido su condición de querubín celestial, pero podía retornar al cielo. Y eso se puede comprobar en el relato de Job que permite esa deducción, sin embargo, si toda su fuente de poder ha venido hacia ti, es porque tú eres el ser más perverso que existe después de Lucifer, y en vista de que el torno al cielo, debe estar enfrentando un juicio en el que probablemente se le dé la oportunidad de probar que renuncia al pecado como se le está concediendo a usted la oportunidad de ser la emperatriz del infierno –profundizó Araziel, a quien la nueva soberana del infierno dijera:

–O sea que ahora el infierno tiene diabla en lugar de diablo.

–Así es, su majestad –dijo Araziel–. Al momento que el antiguo Lucifer torne a ser Luzbel, él decidirá si se queda como ángel o como un inmortal bajo la identificación de Malock Malanoche, junto a la familia que creo con la terrena Melanie Malvista, cuya mujer tiene una historia de ser el icono de vanidades, madre de una criatura, cuya funge como la reina en el palacio de Ceibo y Fuego, también se es bien sabido que se desposó con el príncipe Kamiran Xavier, hijo único de los reyes Chantal Anahí y Adaly, quienes ahora fungen como regentes, debido a que los nuevos reyes no cumplen muy bien sus funciones por condiciones del espectro asperger y autismo –profundizaba Araziel, sobre la familia real que reinase en palacio del Ceibo y Fuego.

–Creo que ya escogí reino para presidir en la tierra, yo no iré a vivir al infierno, no sin antes apoderarme de ese reino y entregárselo a mi hijo, el príncipe Wilian Antonio McRadcliffet Keller –dijo Ivania Cheryl–. Me encanta, siento el poder, el deleite es mío. Soy la humana más mala después del diablo, demostraré que seré mejor que Lucifer, la historia contará de la generación de la diabla de todos los tiempos. –Reía a diestra y siniestra la ahora rejuvenecida y hermosa emperatriz del infierno, esa quien portara tiara y atuendos como reina del antedicho espacio–. Deberé ocultarle a mi hijo que soy la diabla, jugaré a ser santa diabla, haremos el último concurso para demostrar que mi hijo es el invicto de la belleza –dijo la reina del infierno, tornando a su rol de madre abnegada bajo la faz de Ivania Cheryl.

Mientras en palacio del Ceibo y Fuego, parecía que se repitiera la historia de la reina Chantal Anahí, pues; el lozano príncipe César Adalberto solía mirar algo en el espejo, y por dieciocho años ha visto una silueta en los espejos de sus aposentos, cuyo contorno en forma de mujer, es el reflejo de una reina, se parece tanto a Melanie Malvista, por muy muerta que se sepa, se dice que es el alma de la Reina de los Espejos custodiando la seguridad de su hija y nieto. Secretamente, su abuelo, Malock solía presentarse sin ser observado, entre sus palabras lo vaticinaba y sin tener conocimiento ni Melanie ni Malock, el lozano delfín podía escucharlo todo, poseía virtudes especiales, además de su insuperable preciosidad.

—Idolatrado nieto, serás belleza, representarás sinónimos y antónimos de antedicha palabra... Hermosura, preciosidad, lindeza, lindura, guapura, delicadeza, divinidad, encanto, atractivo, esplendor, finura, gracia, graciosidad, magnificencia, perfección, sublimidad, gallardía, primor y tanto más.

A medida Malock mencionaba cada palabra, el príncipe recordaba como esto venia desde la cuna hasta el momento, se mostraban en su mente efemérides donde crecía y dejaba sus pañales hasta que el mismo calendario hubiera dado el giro de dieciocho años, ahora el príncipe César Adalberto, era un buen mozo haciéndole honor a todas aquellas palabras que su abuelo le dijera, de hecho se decía que esas antedichas locuciones le quedaban cortas ante la perfección de tal príncipe, podría decirse que era más dotado de lindeza que el mismo ángel Luzbel. Malock nunca se dio cuenta de que la silueta o fantasma en figura de la Reina de los Espejos estuvo también ahí y le decía a su nieto.

—Desearía que las palabras, aunque sean fuertes, no penetren tu dulce alma, mi hermoso príncipe, ojalá que tu belleza sea como es afuera sea intrínsecamente.

Durante ese proceso del crecimiento del príncipe habían muerto los padres de la reina Meghan Juniana.

—¿Quién eres? —preguntó el príncipe a la silueta femenina que lo miraba en el espejo—. Manifiéstate a mi orden.

Pero su deseo no tuvo frutos y en ese momento entraban sus padres, los reyes Kamiran Xavier y Meghan Juniana

—Padres míos, ¿qué los ha traído a mis aposentos?

Sus padres lo saludaron con abrazos, acto seguido departieron.

—Hijo, nuestro reino ha sido retado para escoger de entre todos los hombres al más airoso, por tanto, tu padre y yo, hemos optado la realización de un certamen en el reino y ciudad, seleccionaremos tres representantes que van a disputarse la corona de míster Elegante —expuso la reina Meghan.

—Pero no me interesa reñir, no me gusta que se me vea como icono de belleza masculina, bastante tengo con que las mujeres del reino me lisonjeen. —Se oponía el lozano delfín, a quien su padre, el rey Kamiran Xavier le dijera:

–Hijo, es por honor, hasta el momento se conoce que Ivania Cheryl Pylsener y su hijo, el príncipe Wilian Antonio McRadcliffet Pylsener, han sido los invicto en más de veinticuatro certámenes realizados con caballeros de gran hermosura, y tu madre y yo estanos seguros de que tú eres nuestro adonis, el que vencerá a Ivania e hijo, piénsalo.

–Padre… ¡Oh, madre mía! No pongas esa carita, no puedo negarte nada, lo haré, lo haré por ustedes, no por solo por el honor de nuestro reino –dijo el delfín César Adalberto.

Lo cierto era que este príncipe es totalmente gallardo y eso sería un obstáculo en los planes de la propietaria del certamen de belleza, cuyo se llamara: Míster Elegante.

–Enviaremos contestación a la señora Ivania Cheryl Pylsener –dijo su madre, la reina Meghan Juniana.

–Hijo, recuerda, no estás obligado a concursar por ganar, lo más bonito de un concurso de belleza, es que convivas, la competitividad debe ser tu capacidad de competir sin utilizar recursos ilícitos –dijo su padre al delfín César Adalberto.

–Padres, no tengo necesidad de utilizar timos para triunfar o adquirir aprendizajes de la derrota.

Mientras en la corte de la bienaventuranza, Malock afrontaba el juicio por haber pretendido pasar por encima de Dios

–En virtud de las declaraciones ostentadas por Luzbel, llámese al momento Malock Malanoche, la corte suprema de justicia divina, lo encuentra culpable de soberbia y ser principal fuente de pecado entre los mortales, por tanto, siendo plenamente benevolentes, se le otorga un mes como lucero, el portado de luz, al término de la fecha estipulada, tornaras a ser el mismo alimentador del mal; puesto que tu deslealtad acabó con una cuarta parte de los ángeles creados por nuestra divinidad.

A las palabras escuchadas Malock refutó:

–Me reconozco señalado como dios de los demonios, alimento del pecado, yo Lucifer, fui un ángel de luz quién se rebeló a Dios, por lo cual Jehová me castigó sacándome de sus ángeles, ahora, estoy condenado a ser el enemigo número uno, el responsable de que la humanidad crea o deje de creer en el creador, y por envidia a Dios persuadí a los hombres para dejarlos en vergüenza, eso es todo lo que yo pude hacer desde que Dios me quitó mi poder. Soy considerado por lo humanos como una errata bíblica. Unos me consideran un dios, un dios romano que llevó la llama del conocimiento a los humanos. –Se declaraba culpable del pecado sobre la humanidad, siguió expresándose libremente, siendo escuchado por todos los entes celestiales–. Estoy aquí, no porque me vencieron, sino porque aunque sea el diablo, muy dentro de mí aun yacen fisuras de aquel cuyo me creara, dígase, que aun cohabitan en mí partículas de buenos sentires, y uno de esos afectos es el amor por mi linaje, el que conforme como solo yo lo sé hacer, con timos, después de todo, más sabe el diablo por diablo que por viejo, y sé que debo agradecer que me hayan concedido un intervalo para ser Lucero, siempre bajo el nombre de Malock Malanoche, porque ese es el padre de la reina terrenal, su excelencia Meghan Juniana y el abuelo del lozano delfín, César Adalberto, seré Malock, aunque siga poseyendo las potestades como ángel de luz.

Una vez se hubiera dado sentencia de tener solo un mes para ser ángel ante los ojos de los suyos, él, sabía que debía aprovecharlo, y místicamente como si estuviese en un tornado se percibía el desprendimiento de todo el mal que en el existía, parecía que estaba inmóvil dentro de un tornado de emociones y sucesos mundiales, allí se notó que aquel tornado se convirtió en fuego, e inesperadamente el fuego se transformó en una gigantesca ave, la Reina de los Espejos, el pájaro Chelito Colorín y el vampiro, conde Drácula, presenciaron el arribo del ave fénix, la cual hizo morir y renacer a Malock, quien mediante el fuego cesaba iba mostrándose como el pulcro ángel de la creación del altísimo, solo entre sus dos alas habían treinta y un plumas con fuego.

–A partir de hoy, tienes treinta y un días al lado de tu familia, en el doceavo intervalo de este lapso, al cumplirse el último día, retornarás a tu antigua materia, ya que no podemos borrar la historia de la humanidad al pretender eliminar la existencia de Lucifer, puesto que; tendríamos depurar el mundo –expuso el ave fénix.

–Lo que sería reiniciar la creación –exteriorizó Malock.

–En efecto, en tus alas hay treinta y una plumas con fuego vivo, no pueden quemar a las demás; son protegidas con mi magia, cuyo significa los días que vivirás como un buen ángel, cada día que finalice, a la media noche, irás perdiendo una según el curso de los días.

Melanie, Chelito Colorín y el conde Drácula lo habían oído todo.

–Lo que significa que cuando abata la última pluma, estés en donde estés, tornaras a ser Lucifer –complementaba el conde Drácula–. Tranquilízate, sosiégate, yo estaré allí para eliminar de la mente humana cualquier suceso indebido a los ojos de los mortales.

–¿El conde Drácula, irá con nosotros? –cuestionó Chelito Colorín, tomando notas con su pluma literata.

–Lo has escuchado –dijo Melanie. Acto seguido fueron expulsados del infierno, a la tierra de los mortales, la reina Melanie miraba con entereza al nuevo Malock, su gallardía estaba intacta, ahora podía tener frente a ella, a ese del que todos hablaban la más hermosa creación de Dios, Lucero, no había muchos cambios, pero se percibía la bondad y las bendiciones con que Dios lo hubiese creado.

–Mi adorable Reina de Vanidades –dijo Malock–. Marchemos a palacio del Ceibo y Fuego, debemos aprovechar el tiempo con nuestra hija y nieto.

–Invocadme cuando sea necesaria mi presencia, puesto que el día y yo no somos muy aliados, además debo descansar –dijo el conde Drácula volviendo a su sarcófago, ese que desapareció en cuanto el lo penetrase. Al instante Malock le dijo a Chelito Colorín– ¿Hiciste lo que te ordene?

–Por mis kilos de escritor, ¿acaso su alteza duda de mi capacidad literata? ¿No soy el mejor poeta? Pero cuando de componer versos divinos, me aseguro que sean perfectos, tengo kilos de talento. La avecilla le dio la página con el poema, Malock le dio una ojeada y rápidamente lo tenía en su mente, de inmediato declamó la glorificación poética con tremenda devoción.

El Ruego De Don Diablo

¡Pido al cielo que me escuche!
¡Pido a Dios que me comprenda!
Qué me devuelva las alas
Que por maldad yo perdiera.
Qué olvide esas ofensas
Que por rencor yo infligiera.
Qué pueda yo demostrarle
Que aún hay bondad en mis venas.

Si en maldades me cubría,
Hoy quiero llorar mis penas.
Qué siento arrepentimiento
Por todo el mal que yo hiciera.
Solo quiero disfrutar
De quien heredó mi raza,
Esa carne de mi carne
Que nació de mis entrañas.

Si el buen Dios me perdonase,
Solo amor yo les rindiera.
Abriría el corazón... solo a ellos...No a cualquiera.
En algún lugar de mí
Aún queda esa bondad
por brindarles cada día,
y poder regar sus vidas,
con gotas de felicidad.

Dios escucha mi agonía
y cuestiona mis acciones.
Aunque yo le he defraudado,
me otorga sus bendiciones.
Me dice que oyó mi ruego,
pero solo puede otorgar...
31 días benditos, ni uno menos, ni uno más...
Para demostrar al mundo
que el diablo también sabe amar.

Horas más tarde, Malock, Melanie y Chelito Colorín estaban frente a la soberna del Ceibo y Fuego, su majestad, Meghan Juniana; pero lo que sucedía en los aposentos del delfín César Adalberto, era otra cosa diferente.

–Hoy no me vi al espejo, el espejo se vio a mí y dijo. El delfín estaba en el pasillo, sujeto junto a la puerta, escuchando la vocecilla curiosa y femenina, esa que persistía auto adulándose–. Uy que guapo, que envidia, quisiera ser tú, ya, si soy tú –dijo el cómico espejo y justo tras imprόvidamente abrir la puerta el delfín César Adalberto lo descubrió, se trataba de una dama aderezada de espejos, y con un bastoncillo en forma de labial.

–¡¿Hablas?! –exclamó cuestionándola también.

–Uy, ¿que si hablo? –respondió ella, convirtiéndose en la picaresca hada madrina Hojitas.

–Sí, justo eso pregunté –replicaba el delfín.

–No solo hablo, soy todo lo que eres tú –Apuntaba la hadita volviendo a decirle–. Y tú, claro que por supuesto, que desde luego, que eres lo que soy yo.

–¿Qué? –la cuestionaba el delfín del Ceibo y fuego.

–Cada que vienes a verte e idolatrándote a ti mismo, me idolatras y los dos nos hacemos uno, como si fuéramos novios, pero no lo somos, somos el amor de nuestras vidas, yo soy el hada Hojitas; pero también soy reflejos, tú cuando te miras a mí, que soy espejo y reflejo. –El delfín se mostraba confuso–. Porque nos amamos a nosotros mismos al vernos. ¡Niégalo!

–Lo admito, soy bello y si pudiera casarme conmigo lo haría sin titubeos –confesó el delfín César Adalberto, sacando su lado heredado de sus vanidosos abuelos, a quienes pronto tendría a su lado–. Pero en realidad, la mejor belleza existe cuando se combinan del interior al exterior.

–Aja, solo por eso eres mi ahijado favorito –dijo la fresca hada hojitas que habría vuelto al espejo y desde allí le siguió diciendo–. Si supieras los reflejos que tengo que aguantarme, hay unos que besan su reflejo, con sus bocas me ensucian, a mí, a reflejos.

–Y a todo esto, ¿Quién eres tú? Solo oigo y oigo lo que dices.

–Fui un hada dada a tu adorable, por cierto, preciosa, preciosita abuela.

–¿Mamá Chantal Anahí o mami Eunice?

–No, tu abuela Melanie Malvista, Eunice no era tu abuela, tu provienes de los genes de la Reina de Vanidades y del ser más precioso de la creación de Dios, en razón a ellos es que posees colosal belleza, que, por cierto, no es para que se te suba la vanidad; pero eres tres veces más hermoso que ellos –le contaba el hada y tornando a la interrogante ella le decía–: Retomando el tema, era un hada propiedad de Melanie Malvista, pero ella no me vio bien, así que ahora soy tu hada madrina.

–Pero los hombres no tenemos hadas –objetó el delfín cuando incomoda salió del espejo convirtiéndose en un guerrero.

–Ah, así es que me quieres ver, yo puedo ser quien tú quieres que sea. Y el delfín le tomó la palabra, bromeando le dijo:

–Conviértete en un libro.

Y su hada lo hizo, comprobó sus poderes; pero el delfín siguió retándola

–Ahora transfórmate en Cleopatra, ahora manifiéstate en quien realmente eres.

Entonces resurgió el hada Hojitas.

–Soy Hojitas, visto y calzo espejos, debido a que fui concebida para proteger a una Reina de Vanidades, que por cierto la muy desventurada no llevó consigo, y de todas formas no quería ir allí donde vivía ella.

–¿A dónde vivía mi abuela Melanie Malvista?

–En el infierno –respondió sin pensarlo, notó que había sido imprudente–. Cariño, no tienes idea de lo que es capaz el amor.

–¿Justificas que mi abuela haya ido a infierno por amor? Cuando ese bandido penetre el umbral de tus emociones, entonces comprenderás que serias capaz de cruzar mares e incluso el mismo infierno por el ser amado.

–¡Por favor! ¡Por favorcito! Nadie debe saber que me descubriste, se suponía yo no debía ser vista por ti.

Aquello que le pedía Hojitas le causó intriga, a lo cual requería una contestación sin vacilaciones y mentiras.

–Si quieres mi amparo, apelo a ti, para que me digas, ¿cuáles son las razones para yo callar tu existencia?

–Se suponía que su alteza no debía enterarse de que en sus genes corre la magia y que proviene de una casta de vanagloria, puesto que si se enterase podría despertar la jactancia con la que ha sido contaminado el cosmos, valga la redundancia nos sabemos parte de un mundo colmado de espejos por lo cual somos víctimas de una incurable epidemia de vanidad, y no es que la vanidad en si sea mala; sino que hay un límite que te puede hacer llegar a la soberbia –le revelaba el hada Hojitas– Interesante, y de aquí no sales hasta que me lo cuentes todo, quiero santo y seña de mis abuelos.

–¿Todo? –preguntó Hojitas.

—Sí, todo —confirmaba el delfín.

—¡¿Todito, toditito?! Expresaba ella entre cuestionamientos.

—Sin omitir detalle alguno —respondía el delfín.

—Con pleitos y señales —balbucía y al mismo instante le dijo—: Pero si sus abuelos yacen en palacio, podría preguntárselo a ellos —dijo conclusivamente.

—¿Están aquí? —inquirió el delfín.

—Melanie Malvista y Malock Malanoche han arribado, relájese, a la impaciencia paciencia se le dará, sus preguntas responderé —dijo Hojitas, se desprendió de una hojita de espejos y la puso sobre la palma de la mano del delfín, a quien le dijo—: Contemple sus orígenes, conozca de donde proviene, son los padres de sus padres. Mediante aquella hojita mágica se vio el origen de la historia de la ralea de los espejos.

Mientras en privado, la reina Meghan Juniana hablaba con su cónyuge, el rey Kamiran Xavier.

—Mi señor, son mis padres y no puedo renunciar a verlos, son parte de la familia de nuestro oriundo —dijo Meghan Juniana.

—No me opongo; pero la última vez que estuvimos ante ellos, pretendían inmolar tu hermosa existencia —objetó el rey Kamiran Xavier.

—Honestamente, perdonar es olvidar, y yo, olvidé todo cuanto ellos me hicieron; pero el pasado no quita que sean mis progenitores, y pese a que sean inoculados o no, soy sangre de su sangre, mis venas vierten lazos de la ralea de los espejos, amado mío, solo pido una oportunidad.

—Adorada esposa, estamos hablando de sentar a la mesa al diablo, darle de comer, hospedarlo y tenerlo junto a nuestros seres amados, sin olvidar que tu madre odia a mi madre. —El rey Kamiran Xavier no consentía que sus consuegros prácticamente vacacionaran en su casa.

—Kamiran Xavier, mis padres son tu familia y los tuyos la mía, por clemencia.

—Mi reina, mi amada Meghan, no puedo permitirme que implores por un derecho que es tuyo, traedlos, decidles que nuestra morada les recibirá; pero si tientan contra nuestra familia, sabes que responderé adustamente. —El rey Kamiran Xavier dio aprobación, mientras la reina lo besaba y abrazaba como no solía serlo más que en sus aposentos.

–Por eso te amo, mi rey, siempre entiendes mis deseos –dijo la reina Meghan Juniana–. Además, nuestro hijo adorará conocer a sus abuelos naturales.

–Mi amada, no olvides que también hospedaremos a Ivania Cheryl junto a su hijo, el príncipe Wilian Antonio McRadcliffet Pylsener –comentaba el rey, al momento la reina replicaba:

–Los hospedaremos en la mansión de los cerezos, la que está próxima al coliseo donde se realizara el acaecimiento Míster Elegante –explicaba Meghan Juniana.

Se estaba acercando el día en que el nuevo rostro del diablo se encontrara con el único Rey de los Demonios, Lucifer el mismo Lucero, que conocemos como Malock. Sucedió que Ivania Cheryl y su hijo, llegaron al reino del Ceibo y Fuego, a primera vista Ivania decía gustarle el reino.

–Esto es amor a primera vista –murmuró Ivania Cheryl.

–¿De qué amor hablas? –le cuestionó su hijo.

–Es el premio mayor, me he enamorado de este reino, y ha sido a primera vista, te visualizo como rey de esta nación, la que por herencia te correspondía, no se compara con la opulencia de este reino, hijo, enamórate de este reino.

–Madre, me has prohibido amar. ¿Cómo he de enamorarme?

–Dije del reino no de una persona y actúa más varonil, no vaya a ser que tanta preparación haga sentirte en cuerpo de señorita de belleza.

Apenas habría tenido unos segundos de haber pisado tierra del Ceibo y Fuego, pero Ivania Cheryl ya tenía fijo su propósito, como un obsesivo enamorado se había embelesado con este dominio por el cual reñiría como la diabla contra el auténtico diablo.

§

Tertulias

Caída la tarde, a eso de las dieciséis horas, con entremeses disfrutaban la hora del té aguardando por los invitados de honor que pronto aparecieron, fueron anunciados, sus majestades Ivania Cheryl Pylsener y su hijo, el príncipe Wilian Antonio, fueron recibidos con bombos y platillos, al instante hicieron acto de presencia sus excelencias de la dinastía de los espejos, quienes también fueron presentados. Los antiguos reyes Chantal Anahí y Adaly, estaban inquietos de tener junto a ellos al hombre que por numerosos años ha sido conocido como el diablo, estaban tan preocupados porque nada malo aconteciera teniéndolo bajo su mismo techo; pero no tenían idea alguna de que ahora también moraba la sucesora del antiguo diablo, una que vestía de elegancia.

—¡Bienvenido a la corona del Ceibo y Fuego! —dijo el antiguo rey Adaly, en ese momento Malock adhirió:

—Es completa delectación gozar de tan solemne reino, mi adorada esposa y yo, nos tomamos la libertad de dar un recorrido, y puedo decir que es un reino majestuoso.

La familia real del Ceibo y Fuego ponía en duda cualquier palabra que saliera de la embocadura del que en sus mentes seguía siendo el diablo.

—Realmente el ilustre —dijo Ivania Cheryl mirando a Malock, que era de quien hablara—. Él tiene razón, gozan de un profundo y encantador latifundio. —Malock percibió un escalofriante aire en ella, presintió que poseía materia demoniaca.

—Y a todo esto, ¿dónde está nuestro nieto? —dijo Melanie a la reina Chantal Anahí.

Justo habrían dicho aquello y las puertezuelas se abrieron, se hizo el anuncio del arribo de su majestad el delfín César Adalberto, y el príncipe Wilian Antonio se hallaba de espaldas consumiendo un poco de té, pero tal proclama lo hizo sentirse enteramente interesado en ver y conocer al delfín del Ceibo y Fuego, en ese momento los ojos de ambos príncipes se cruzaron, fue como si naciera entre ellos un apego a primera vista, algo inexplicable surgía, parecía que de sus cuerpos sus corazones se escapan y se encontraban acoplándose para volverse uno solo, sus reacciones eran como esas emociones que se sienten cuando conoces lo que siempre has dicho que significa el amor, uno y otro se sonrieron, la perniciosa madre del príncipe con sus diabólicos divisares vislumbraba que algo no andaba bien en estas reacciones corporales de los príncipes.

El delfín César Adalberto, muy apenado saludó a todos, ruborizado continua aun sincronizando miradas con el visitante príncipe. Ivania Cheryl reconocer en él, un verdadero rival para disputarse la corona del mayormente gallardo, esta vez intuye que su hijo podría ser destituido. Pasados unos minutos disfrutaban de la tertulia.

–Así que tú debes ser el príncipe invicto –dijo Melanie al lozano príncipe–. Pero examinándote bien y personalmente, debo ser honorable y digo, que mi nieto, el delfín César Adalberto será el nuevo conquistador de la corona a la elegancia. A Ivania Cheryl no le gustaba para nada escuchar lo que Melanie decía, así que no titubeó en responderle:

–Mi hijo es bueno.

Se controló Ivania Cheryl, sabía que no les sería fácil desbancar de su reinado a su unigénito, no había invertido la vida en criarlo como triunfador para venir a permitirse sucumbir por alguien que tuviera dos gotas más de belleza comparada a la de su hijo.

En ese momento la inicua reencarnación del demonio se dijo entre pensamientos: «Mi hijo es un triunfador y nadie tira el éxito que he construido para él, menos tu desventurada e igualada Reina de los Espejos».

Malock percibía la inigualable maldad que habría en el interior de la señora Ivania Cheryl, podía sentir sus palpitaciones y su desmedida maldad.

–¡Tranquilas! –dijo el delfín César Adalberto–. No estoy participando con la intención de arrebatarle su título invicto –dijo el delfín compartiendo una sonrisa con el príncipe Wilian Antonio.

–Descuide, su alteza, no es mi preocupación el perder mi invicto título de Míster Elegante, por lo contrario, será maravilloso interactuar con otras personas que de seguro son igual o más airosas que yo, total, esto es para sentirnos bien, disfrutar de aquello que amamos hacer.

La forma de expresarse del lozano príncipe Wilian Antonio, era sumamente extraña, parecía que entre ellos hubiera un me gustas, pero entre ese me gusta estarían las oposiciones. De esta manera la tertulia avanzó, la familia y sus invitados degustaron de la cena, la cual parecía volverse agria entre los comentarios.

–Romperé el hielo –murmuró Ivania Cheryl, causando que todos la mirasen intrigando–. ¿Así que ustedes son esos que llaman prófugos del infierno

–¡Madre!

Todos miraron el sofoco de desasosiego en el lozano príncipe Wilian Antonio; pero los más impactados fueron los abuelos y padres del mancebo delfín César Adalberto, quien dijese:

–Procedan de donde desciendan, son mis abuelos, Malock Malanoche y Melanie Malvista, uno no deja de ser familia por ser diferente o por haber cometido traspiés.

Aquellas palabras de parte del delfín hicieron que Malock añadiera:

–Señora Pylsener, ¿cree que las personas, aunque traten de cambiar, siempre habrá un rastro de quienes fueron o cambian en su totalidad?

Ivania Cheryl no era de las que se dejara intimidar; mas teniendo conocimiento de que estaba ante el histórico ángel más hermoso de la creación divina, ya no era un mito; sino una realidad.

–Queridos, solo pretendía mencionar lo que se dice por allí, sobre la Reina de los Espejos y el diablo, quienes son tus peculiares y hermosos abuelos –dijo Ivania Cheryl.

–Y eso es nada, los chismes no le hacen honor a la verdad –dijo Melanie mientras aquello parecía acalorarse aún más.

–Pues, se habrá dicho la historia de una mujer que vendió su alma por amor y fue embaucada, lo más áspero es que concibió una familia con su comprador. –Departía desdeñosamente, no perdían de vista las reacciones de Ivania Cheryl y la Reina de los Espejos–. Por cierto, fruto de ese amor nació este encanto. –Se refirió a la reina Meghan Juniana, en el fondo sabían que la señora exteriorizaba tóxico en sus expresiones–. A quien, por cierto, desventuradamente enviaron al exilio, lo cual la posicionó en este reino, adonde por supuesto conoció a su cónyuge, el rey Kamiran Xavier.

–Mi estimada señora, conocemos nuestra historia de pe a pa, lo que nos hubiera acaecido es parte de nuestra historia, debido a que no existe nadie sin un pasado, ¿o sí?

Concluía el rey interrogando a Ivania Cheryl.

–Sin ánimos de agraviar. Pero es que jamás creí estar frente al Rey de los Demonios y menos degustando en el mismo refectorio, y mira que te conozco muy bien, aunque te llames ahora Malock, mi querido Lucifer –dijo Ivania Cheryl

–No nos puede agraviar, debido a que mi padre, Malock Malanoche, renuncio a ser el Rey de los Demonios, y tornó a ser el pulcro ángel portador de la luz, Lucero; pero me conmueve que su merced esté al tanto de la historia de nuestra casta –refutó la reina Meghan Juniana–. El corazón humano es tan profuso que alberga buenos y malos sentimientos y el de mi padre, pese a que hubiera sido el diablo, conservaba fisuras del ángel portador de la luz divina.

–Descuida querida, bien se dice que más sabe el diablo por diablo que por viejo.

–Pretende decir que mi abuelo, aunque intente ser diferente, seguirá siendo quien fue –comentó el delfín César Adalberto.

–Ternura, los malos siempre van a ser malos, por más baños de pureza que se den, y me excuso si le ofende a tu hermosísimo abuelo –respondió Ivania Cheryl al delfín, en ese momento el rey Kamiran Xavier dijo:

–Estoy seguro de que mi suegro pudo haber sido el diablo, cruel, malvado, esparcidor del pecado; pero todos merecemos una segunda oportunidad, y mi familia, tanto mis padres, los regentes Chantal Anahí y Adaly, hemos optado por dársela, ya que en resumidas cuentas seguirá siendo el padre de mi esposa y abuelo de mi hijo, es decir nuestra familia.

Las palabras del rey Kamiran Xavier aquietaron a Ivania Cheryl.

–Mi madre no pretende ser nociva, solamente que se deja llevar por lo que dicen, ruego la disculpen –dijo el príncipe Wilian Antonio.

Adentrada la noche los príncipes César Adalberto y Wilian Antonio se entrevistaron, recorrieron el reino hicieron amistad.

–Permítame decirle que es usted muy privilegiado –dijo el príncipe Wilian Antonio al lozano delfín con quien recorría la nocturna vida de la ciudad del Ceibo y Fuego–. Puesto que vive y posee belleza.

Sonrojados estaban ambos príncipes.

–Exagera, la belleza de la naturaleza supera cualquier otra belleza.

–No lo pongo en duda ni le quito méritos a su encantador primor; pero es lo que es, usted es mucho más atractivo que yo, personalmente respeto y agradezco que haya dicho ante mi madre que no es de su interés el reñir por el título.

–Descuida, no lo dije por hacer un favor, sino porque realmente mi amor propio no depende de una corona, ni ir riñendo por contender a ser o no el favorito de los galanes; sin embargo, no es personal no es nada personal ni contra usted, no estoy en contra de que los hombres midan su grado de lindeza compitiendo contra otros. Por lo contrario, lo considero ingenioso –manifestó el delfín César Adalberto.

–Mi madre está obsesionada con que soy insuperablemente hermoso y no quiero saber que habrá hecho para conseguir que nadie opaque mi gracia –respondió el príncipe Wilian Antonio.

–Reconozco que su madre, la señora Pylsener, puede ser áspera si se lo propone, lo digo porque es mi percepción, probablemente usted intuya algo peor en mis abuelos a quienes su madre atacó por sus erratas, negándoles rotundamente la oportunidad de demostrar que han dejado de ser esclavos de la execración.

Aunque pareciera extraño y hasta un poco homosexual, el príncipe Wallis Antonio sujetó la mano del mancebo delfín del Ceibo y fuego, la atracción que tenían el uno y el otro, era enorme, la ternura con la que se comunicaban era para que diera pie a que entrambos hubiera la intención de un posible yacimiento de impresiones que el humano llamaría; amor a primera impresión.

–Créalo o no, no juzgo la intención de alguien que ha cambiado, mi madre es de las que cree que algunas personas no cambian, solo usan nuevas estrategias para conseguir sus fines, para ser honesto, he deseado librarme del yugo de Ivania Cheryl, ella, mi madre puede ser cruel si se lo propone; pero últimamente he percibido un brío de maldad y temo que intente hacerle algo para que no ganes –advertía el príncipe Wallis.

–Descuide, ya lo dijo su madre, soy nieto del diablo, difícilmente podrá hacerme algo.

–Disculpe que mi madre se portara desatentamente durante la tertulia y el banquete con que nos recibieron, ella no tenía por qué enclavar cizaña de quienes fueron o no sus abuelos maternos.

Inesperadamente se habían sujetado de las manos, sus miradas los tenían hipnotizados, que sin premeditarlo sus labios se habían unido en un centellante beso, cada uno marchó por sitios diferentes.

Mientras el reino del Ceibo y Fuego. Malock expuso sus pensamientos sobre Ivania Cheryl, quizás nadie se lo creyese. Allí, el salón real reunidos estaban; los reyes Chantal Anahí, Adaly, Melanie y Malock, junto a sus hijos, Kamiran Xavier y Meghan Juniana.

–Es nuestro placer, decirles que estamos agradecidos de ser recibidos en palacio –dijo Melanie Malvista–. Es natural que no crean en un cambio por parte nuestra; pero ustedes son padres, nosotros también lo somos, y sé que por ellos nos entenderán, mi desposado Lucifer, que es su real nombre, él, decidió quebrar su orgullo, solicitar beneplácito de lo divino para estar con su hija y nieto, esto es prueba de un amor real –expuso Melanie, al momento su vinculado Malock añadió:

–De todo lo malo que el mundo contiene se me hace culpable; pero no se me puede culpar de tener ansias de estar y disfrutar a mi familia, sé que en pasados acaecimientos nos vimos como adversarios; pero ahora apelo a sus bondades para que me permitan estar al lado de mi hija y mi nieto –dijo Malock.

–Sabemos porque estás aquí –respondió Adaly–. No tienes que brindarnos explicaciones, si tu hija ha optado por invitarles, no podemos oponernos porque ella es tan dueña de palacio como lo es mi hijo, el rey Kamiran Xavier, y créamelo Malock, lo entiendo, si yo visité los avernos no fue por conocerlo; sino por amor a mi hijo, por tanto, entiendo de lo que un padre es capaz de hacer por amor a un hijo.

–Estamos enteramente agradecidos.

–No quiero ser portador de malos presagios, pero estoy seguro de que Ivania Cheryl Pylsener trae malas intenciones para con el reino.

Pero las advertencias de Malock serian tomadas como malas intenciones.

–Padre, como puedes osar ofender a una mujer que solo habló de quien fuiste o dicho de quienes fueron tu y mamá –dijo, oponiéndose su hija, la reina Meghan Juniana–. Escúchalo –dijo el rey Adaly–. Presiento que tu padre no está del todo equivoco y eso solo el tiempo nos lo aclarara.

–Es seguro que la materia que poseí por efemérides ahora descansa en ella –expuso Malock.

–Estás pretendiendo decir que Ivania Cheryl es la reencarnación del diablo, ese que hasta hace poco de unas horas hubieras sido tú –contradijo ceñudamente la reina Meghan Juniana–. Padre, exageras, si tú renunciaste a ser Lucifer, por lógica, a partir de eso momento se tendría que haber desintegrado la existencia del llamado diablo, seria inaudito que ahora tuviéramos una diabla.

§

Cosmética o Torturas

En la mansión del Ceibo y Fuego, Ivania Cheryl recibía a sus empleadas Varinia y Yerania, una peluquera y la otra especialista en estetismo, hacían espera de la señora mientras les hubieran servidos entremeses.

—¡Bienvenidas! —exteriorizó Ivana Cheryl descendiendo entre los peldaños del palacete, siendo observada por el par de mujeres que saboreaban los entremeses, le encantaba como luciera la señora con su enorme sombrero, guantes y cubre brazos

—Bueno, espero que hayas traído contigo esos que llamas afeites a la moda y que según sirven para darle exaltación a la lindeza de mi hijo.

—Pero por supuesto, si no lo hubiese tenido conmigo, no hubiere venido, sin embargo, no está demás advertir que le costara casi toda su cauda —dijo Yerania. Petulante y ardorosa, Ivania Cheryl recalcó ser quien era.

—Querida, soy Ivania Cheryl Pylsener, madre de un príncipe. —Se jactaba por ser la madre un príncipe bastardo, que por cierto ella no gozaba de buen nombre.

—Perdonara, pero según la reputación que se ha creado usted, me han dicho que está en la ruina y que pretende casar a su hijo, el príncipe con una buena y opulenta princesa; pero que se le ha negado debido a que su hijo es un bastardo y usted es una mujer inescrupulosa, no me vean así; pero es mejor las cosas claras desde un principio, seamos honestas, las cosas por su nombre, se dice que usted es una bruja maquiavélica, capaz de todo para que su hijo siga ostentado el título de Rey de la Elegancia.

Las declaraciones de Yerania no eran del todo agradables a los sentidos de Ivania Cheryl.

—Pues, permíteme decirte que has sido mal informada, eso pasa con los rumores, nunca dicen la verdad, tengo suficiente caudal hasta para comprar tu vida para tenerla al servicio de mi hijo y mío, ambas se convertirán en mis vasallas encargadas de cuidar nuestra perfecta lindeza.

Yerania y Varinia se miraron e intercambiaron gestos de estar bien de trabajar para Ivania Cheryl; pero extraño era algo que en ellas se ocultaba y de esto la señora Pylsener se percataba astutamente, haciendo alarde de su nueva maldición como la reencarnación del diablo.

–Magnifico –murmuró Varinia, la peluquera, mientras se sacudía su melena ondulada, por cierto, Varinia era afroamericana; mientras que Yerania era grecorromana.

–Estos son aceites perfumados, los jarrones contienen ungüentos, son tanto como para los hombres como para las mujeres, los egipcios utilizaban estos preparados –expuso Yerania.

–¡Grandioso! Dime más, necesito estar segura de que esto no destrozará a mi hijo.

Tanto Varinia como Yerania miraban a la señora de una forma extraña, como si ocultasen algo más que un plan laboral.

–Los primeros cosméticos conocidos datan de la primera dinastía de Egipto. En las tumbas descubiertas se hallaron jarrones con ungüentos perfumados, que justamente son estos, y digo desenterraron porque mi padre colaboró en ese descubrimiento, y esto es lo que nos llevó a crear mejores métodos para reforzar la belleza, es más, los hombres y mujeres egipcios empleaban estos preparados y aceites perfumados para mantener sus pieles flexibles en el seco clima de Egipto.

Después que escuchó un poco de la historia de ese afeite que pretendía emplear en su hijo, Ivania Cheryl curioseó.

–Pero no quiero que mi hijo se vea afeminado; sino perfecto, impecable y sobre todo inquebrantable.

–El maquillaje es un signo de nobleza reservado para unos pocos hombres y mujeres –comentó Yerania.

–Solo los que pueden pagarlo –mascculló Varinia–. Los pobres y los grotescos seguiremos esperando a que este tipo de preparados sean accesibles a nuestros bolsillos.

–El maquillaje antiguo no da un toque afeminado al hombre, eso es un juicio según nuestro canon estético actual, de hecho, puedo innovar diferentes estilos de maquillaje, en cada género se trata de destacar los tractos faciales más masculinos o femeninos según el caso, mi trabajo no consiste en bufonerías sino en algo artístico –refutó Yerania, para que a Ivania Cheryl no le quedara duda alguna de sus talentos.

–Yerania, lo que me dices es atrayente, pero no quiero que mi hijo sea arriesgado, así que me encargaré de conseguir a alguien para que probemos ese producto embellecedor, mi hijo no será el bufón que utilices para tus prácticas y no he de pagar sino hasta ver los resultados en otro talente, estoy segura de que cualquier feo se prestara al experimento de ser bello por cinco minutos.

–Podemos probar antes de que sea utilizado en su hijo, y, por cierto, le aconsejo que consuma menos arsénico –advertía Yerania, rápidamente Ivania Cheryl objetó:

–Querida, mi piel albúmina es signo de que soy de sangre azul, provengo de una dinastía, los Pylsener somos de ascendencia.

Ivania Cheryl como las mujeres de antes y de su época consideraban como pautas de belleza el tener una piel clara, casi transparente, era lo más deseado y lo hacían todo por conseguir poseerla, sin importar el riesgo de pudrir su interior sometiéndose a consumir lo que fuera con tal de lucir bella y es que la palidez extrema hacía que las venas de los brazos y sobre todo en la sien resultaran marcadamente, y esto era una distinción que le decía a quienes la conocieren que ella provenía de buena cuna ya que no necesitaba ganarse el sustento, ese tipo de piel era de la realeza, gente rica que no trabajaba.

–Me parece increíble como el ser humano se ha esclavizado a la belleza, al límite de someterse a dolorosos procesos, tenga cuidado, una de mis vecinas se envenenó utilizando el arsénico; sin embargo, le aconsejo algo más confiable, hágase una mezcla de harina, yeso, y tiza, eso le ayudara muchísimo a que su pie luzca más clara y resplandeciente.

A Ivania Cheryl le agradaban los consejos de Yerania.

–Además podemos utilizar mejor un preparado de arsénico plantas para blanquear su cabellera, estoy segura de que el rubio le sentará mejor que este castaño claro, es lo que buscamos las mujeres –

aconsejó Varinia, mientras la señora Pylsener miraba los frascos con los diferentes preparados y ungüentos.

—Todo tiene un elevado coste, ser hermosa como lo soy no me ha sido fácil, los apretados corsés. —Desnudaba sus secretos de belleza, y es que sin duda alguna Ivania Cheryl era hermosa, y al lado de las reinas Melanie y Chantal Anahí, ella lucia tres veces más joven, no parecía la madre del príncipe Wallis Antonio—. Les contaré, no nací en cuna de oro, tampoco tuve ostentaciones y comodidades, fui la niña que vivió y creció deseando todo lo que se le negaba, era hija de una mujer que solo tenía una vaca, un perro y unas gallinas y con ello sobreviví, mi madre era una campesina sin aspiraciones, vivíamos de su trabajo como molendera.

Yerania interrumpió a Ivania Cheryl con un tonto comentario.

—¡Hacía tortillas para vender!

—Pero ser pobre no me quitó las ganas de superación al coste que fuera, al morir mi madre, fui tomada como cortesana para un rey, me convertí en la favorita, pues; debido a mis cuidados era las más linda de las escogidas, y le di un hijo, cuando estuve en la corte real, tuve que adaptarme a la invención de corsés con ojales de metal que nos permitió a muchas mujeres ajustarnos la cintura, aunque para muchas con consecuencias terribles —les contaba más detalles de su vida y como habría llegado a ser quien era ahora, Yerania y Varinia escuchaban con gran entereza—. Aunque no todas las mujeres nos apretábamos los corsés hasta el punto de ahogarnos o lesionarnos, probablemente ninguna de ellas consiguió la cintura de treinta centímetros que añoraban; pero yo sí y lo puede constatar, por ello fui la envidia inclusive de la reina, quien triunfó echándome de palacio, dejemos el pasado en su lugar.

—Totalmente de acuerdo —balbuceó Varinia—. Seguiremos conservándola bella e impetuosa como lo ha procurado hasta ahora, yo me encargaré de las cabelleras, tanto de la suya como la de su majestad, el príncipe Wallis Antonio.

—No dude de nuestro conocimiento en procedimientos de belleza —complementó Yerania.

—En seguida, ordenaré donde se les indique instalarse, exímanme que deba dejarlas, requieren mi presencia para establecer reglamentos del certamen.

Abandonó la estancia después que ambas mujeres le rindieran un saludo de pleitesía, al momento cuchicheaban como secretamente admirándola, mientras penetraba el umbral hacia un solemne recinto donde después que la portezuela clausurara todo se convirtió en fuegos y espejos, el dignatario régimen de los avernos se restauraba el trono infernal que gozaba por incontables años el antiguo demonio llamado Malock Malanoche.

Cuando la impetuosa Ivania Cheryl marchaba hacia su sitial, enalteciendo las legiones de ángeles y demonios a sus pies, aquellos se incorporaban dándole regodeo acto seguido se encorvaban rindiéndole pleitesía a los momentos que ella los despertase con movimientos sutiles en sus manos de donde expulsaba partículas de espejos y humo, para entonces cuando los centenares de fieles devotos a ella estuviesen casi de rodillas, a esas alturas ya no era la misma mujer, sino la diabla, una réplica de quien hubiera sido Lucifer.

–Ilusas niñas, dejaré que jueguen a las cazadoras, creyéndome su presa; pero momentáneamente Ivania Cheryl no sabrá de que ellas vienen a destruirla –balbuceó la diabla, mientras se colocaba a su trono, sus legiones seguían doblegados a ella, ninguno podía alzar la vista a ella–. Levantaos, Azazel, dime, ¿cuál fue la decisión final sobre el ángel Lucero y la bienaventuranza?

–Su excelencia, Lucero ha sido condicionado –contestó el ángel caído Azazel–. Y lo que diré, estoy íntegramente seguro de que no ha de ser de su complacencia.

–Habla sin tapujos. –Por supuesto, Lucero no podrá ser en ángel que fue el origen de la creación, se le prestó la materia de bondades solo para ser Malock Malanoche, el padre de la reina Meghan Juniana, y el feliz abuelito del delfín César Adalberto. Furiosa la diabla prendió en fuego, todo su cuerpo era incesantes llamaradas, frenética como

jamás se hubiese visto refutaba– Se suponía que yo sería la única, autentica e inédita diabla. Calmosamente bajaba la temperatura de sus llamas, por cierto, a nadie asustaba, pues; se suponía eran criaturas venideras del infierno, no temían al fuego por muy consumidor que fuere–. ¿Cuánto tiempo me resta?

–¡Muy poco! Treinta días.

Ivania Cheryl sabía cuánto tiempo le quedaba como la diabla, Malock Malanoche se convertiría en su objetivo principal y su punto débil ella lo conocía.

–Magnifico, tiempo perfecto para acabar con la dinastía del ex Lucifer, mi tarea será también la de ustedes, deberemos luchar fuego contra fuego, acabaremos el dominio del Ceibo y Fuego, lo combatiremos como lo que somos el reino de las flamas. En ese momento los cuantiosos siervos del mal contestaban con gran obediencia:

–¡Sí, señora!

–Iniciaremos el fugo con una chispita, ahora vayan y propaguen el pecado, y en cada hecho deben dejar la huella de Lucifer, hagan la brecha hacia el hundimiento del reino y su ciudad. ¡Ja, ja, ja! –Reina a diestra y siniestra, mientras su tridente lucia ardientemente–. Haremos que venga la fetidez, una pandemia que arrebate las vidas de todos, y creo saber cuál será.

En ese instante de maldad, de su cabeza brotaban enormes astas, que a pesar de todo no la hacían ver una diabla fea, por lo contrario, hasta era sensorial, le daba el toque de lujuria sicalíptica

–Que de la cólera de los avernos provengan doseles de polvo y tóxicas cenizas de aquellos cuyos pecadores sucumbiesen por causa de tan condenada epidemia llamada; peste bubónica, revivamos el pasado, y que mueran más fundamento en ello. –Convocaba las estratagemas más obscuras entre partículas que soplarían con tempestades que obligaría al reino y los suyos a permanecer enclaustrado o morir por contaminación, pues; se supo que en épocas pasadas existió la peste negra, sabía lo mortal y devastador que esto era–. ¡Que disfruten de la peste negra!

Desde lo más profundo del infierno la diabla habría rescatado la peste negra, la cual provenía de un bacilo que se encuentra en las pulgas de las ratas, cuando dicha pulga picaba a una persona, o esta sufría algún corte en la piel de materiales contaminados, el bacilo se transmitía y se padecía dicha enfermedad.

Una vez infectada la persona, empezaba a tener fiebre, dolores de cabeza, náuseas, escalofríos, a tener debilidad y se les hinchaban y dolían los ganglios debido a que las bacterias se trasladaban hasta un nódulo linfático. A esta peste bubónica se le denominó con el nombre de peste negra debido a que a los infectados presentaban marcas oscuras en la piel.

Los enviados por la diabla empezaron hacer de las suyas impartiendo falsa información como predicadores en nombre de Dios, anunciaban en las calles, plazas y diversos lugares que la peste era un envió de parte de Lucifer quien moraba entre los mortales bajo la morada del palacio del Ceibo y Fuego, señalaban que ellos habrían sido cómplices del mal. En palacio real,

Malock Malanoche era inculpado por los suyos. Se había reunido en privado, y solo estaban Melanie, Malock, Meghan, Chantal Anahí y Adaly, el rey Kamiran Xavier habría enfermado debido a la peste.

–Esto es obra de Ivania Cheryl, ella es la reencarnación del demonio –objetó Malock; pero nadie le creía–. Sé que no me creen, después de todo quien podría creerle a un ángel traicionero como yo, eso es lo malo de querer pretender que puedes cambiar, pero no lo consigues porque los que están a tu lado son los primero en dudar del cambio en uno.

–¡Basta ya! –exclamó la reina Meghan Juniana, sin verlos a las, lo normal en ella–. Ivania Cheryl es una mujer común como cualquiera de nosotras, no tiene poderes satánicos; pero tú… –titubeó la reina señalando como sospechoso a su padre.

–No lo soy, lo crean o no, alguien pretende decir que soy yo, esos que predican en las calles y plazas públicas, solo buscan inculparme, son falsos pastores –contradijo Malock.

–No se trata de buscar culpables, sino de orar, de conservar distanciamiento social, y ser muy cuidadosos con nuestra higiene y la de mi hijo Kamiran Xavier –dijo la reina Chantal Anahí.

–Sí, lo entiendo; pero se me está achacando un mal que no hice, si soy el diablo, admítanlo que no me quieren por eso, que me odian; pero cuando hago algo, se responder por ello, soy el Rey de los Demonios; pero soy un caballero, mi palabra cumplo, y no admitiré que se me inculpe de esta renovada peste negra, no soy responsable de que el reino esté colmado de cadáveres y enfermos –refunfuñó Malock, defendiéndose de la desconfianza y nadie podría haber visto; pero la diabla estaba–. Tenemos visita.

–¿Lo ves? Utilizas magia para adivinar quién viene y que va, de seguro sabes que va a morir mi consorte –dijo Meghan Juniana, mientras la diabla le susurraba al odio a Malock.

–No deberías decir que hay visita, ellos no me verán, ni tu mujercita de los espejos. ¡Ah! Y contestándole a tu adorable retoño, sí, alguien ha de morir, ay, alégrate, no serás tú, tampoco tu nieto –carcajeó la diabla no se reconocía en ella a Ivania Cheryl sino al verdadero demonio en pos femenino, por cierto, ella rodeaba a Malock, lo manoseaba malintencionadamente, yendo a direcciones libidinosas–. Eres fiel a tu bruja de los espejos, anuncio, después de once días, dentro de tres días más fenecerá la peste y con ella se irá tu consuegra. Y no me veas así, solo recordaba esos tiempos de la peste negra hace siglos, no creo que mi colega lo haya olvidado –dijo la diabla, mientras los demás permanecían en estado gélido.

–Tú no usurparás mi lugar por mucho tiempo, retráctate, evaporiza la peste, la humanidad no tiene culpa de tu hambre de poder.

–Malock, lindo y pulcro angelito de las brasas, ya lo tengo, no lo usurpo, tu morirás, de mi cuenta corre.

–En guerra anunciada no cae soldado. No deberías olvidar que soy Lucifer, el único, y no importa que tan viejo soy sino que tan diablo puedo ser –advirtió Malock–. El problema contigo, mi estimado angelito con alitas de fuego, es que tu debilidad, es tu familia y lo sé, así que uno a uno, te los quitaré, y el último serás tú, no se te olvide que soy el diablo en versión género opuesto. Ay querido leviatán, es tan lindo que el diablo sea mujer, como la duda de la humanidad si Dios es hombre o mujer.

–¡Blasfema! Respeta a nuestro creador, y no me amenaces que la misma debilidad que poseo, posees, tu hijo, el príncipe Wallis Antonio.

–La diferencia entre tú y yo, es que soy capaz de sacrificar la dicha de mi hijo por la mía propia, soy mucho peor que las hienas, tiéntame y tendrás la demostración.

La diabla había retado a Malock, después de anunciarle la muerte de la reina Chantal Anahí a raíz de la peste negra.

–No es momento de culparlo, porque fuera de palacio, nos culpan por acogerlo, debemos acabar con la peste para poder indagar sobre quién es la culpa –arguyó el rey Adaly.

–Nos turnaremos para cuidar de mi yerno –dijo Melanie Malvista, miraba su cónyuge desconcertado, absorto de sí mismo. Cuando hubiera terminado aquella tertulia, ella se quedó a solas y le dijo–: ¿Sucede algo?

–Me anunció la muerte de la soberana Chantal Anahí, y advierte con acabar uno por uno de los seres que conforman nuestra familia.

–¡Pequeña cretina! –exclamó Melanie Malvista.

–Ni tan pequeña, mutó en mí, es ahora el diablo en versión femenina, y es tres más maquiavélica que yo.

–Es que tú eres un diablo lindo.

–Ella es una diabla insuperablemente bella –dijo Malock–. Pero jamás opacaría la perfección de mi reina de vanidad.

Malock y Melanie estaban más unidos que nunca.

El tiempo continuó corriendo sin detenerse, el objetivo de la diabla era lapidar a Malock Malanoche; pero para ello haría todo cuanto fuera para que muriese siendo aún más aborrecido por los que él amaba, ya que el mundo odiaba a Lucifer por sus pecados, pero la animadversión familiar sería su peor condena.

La reina Chantal Anahí, con ese inconfundible amor maternal, cuidaba de su hijo, el rey Kamiran Xavier, quien estaba enfermo del virus de la peste negra, aislado, ella se protegía lo más que podía, y una noche que cortaba frutas en el aposento de su hijo, sujetando un palto de cristal se cortó, justo al momento que la diabla hubiese provocado la pequeña quebradura del plato.

No le prestó gran atención a su herida, y sin darse cuenta había tomado objetos que su hijo habría utilizado y fue así como ella se contagió, debido al contacto de su herida con objetos contaminados.

La maquiavélica diabla, reencarnación del mal, había causado terroríficos estragos en la ciudad, donde la gente vivía una época de gran horror debido a la ruinosa peste negra, todos los ciudadanos hacían poco más que cargar cadáveres para que fueran soterrados. En cada iglesia cavaban profundas fosas; y así, aquellos que eran pobres y morían durante la noche, eran recogidos rápidamente y arrojados a la fosa.

Por la mañana, cuando un gran número de cuerpos se hallaba en la fosa, tomaban un poco de tierra y la echaban con palas sobre ellos; más tarde otros cadáveres eran depositados sobre ellos y entonces ponían otra capa de tierra para tener espacio donde seguir soterrando.

Los falsos pastores se habían liberado, la delincuencia aumentaba a gran escala, la preocupación era que los galenos salvasen las vidas de cuantos pudieren; pero la peste negra provocó un gran caos en la población, afectando a todas las personas independientemente de su edad o rango social, esto provocó diferentes reacciones en la población: Unos se entregaron más a Dios al pensar que este les castigaba por un mal comportamiento de la humanidad y muchos otros huían, sin embargo solían llevar consigo en sus ropas o equipaje la pulga portadora de la enfermedad, por lo que contribuían a su propagación.

Los pocos galenos no consiguieron hacer nada y no encontraba una explicación a este hecho, y algunos galenos fueron infectados al atender a sus pacientes. Se tomó como una medida aislar a los pacientes infectados durante un periodo de cuarenta días y hasta entonces, cuando consideraban que ya no era peligroso, no entraban en contacto con él. Lo mismo hicieron con aquellos barcos donde había algún tripulante enfermo, les dejaban cuarenta días en alta mar y si había algún superviviente le dejaban volver.

Pasó el tiempo, los ciudadanos habían empezado un año nuevo con una estela de dolor, Malock habían perdido treinta plumas de fuego; pero la última, se le extendió como un obsequio celestial para que protegiera a los suyos del mal que les sobrevenía, así que Ivania Cheryl Pylsener y Malock Malanoche, devastarían las tierras del Ceibo y Fuego, y sucedió tal cual lo predijo la diabla, la reina Chantal Anahí falleció, por muy doloroso que fuera para lo corona, fue sepultada con prontitud y con honores reales.

Los galenos lograron controlar la situación, ellos afirmaban que esto habría llegado a su fin después de siete meses de lucha, el sol volvía a darle libertad a los sobrevivientes de la peste negra, sentían que debían empezar a valorar mucho más sus vidas, otros que eran devotos decían que la cólera de Dios habría cesado y con ello, un nuevo sol estaba presente.

Eternos Contrincantes

Cuando la tranquilidad se había establecido y el reino se levantaba, se hizo público el anuncio del certamen de belleza masculino, se sintió como un evento para celebrar estar vivos. Los hombres más atractivos del reino irían por la corona al Míster Elegancia.

Mientras tanto Ivania Cheryl, en el interior del palacete, sentados al comedor desayunaban.

–¿Listo para vencer a los contrincantes? –preguntó su madre, al príncipe Wallis, a quien notaba distraído–. ¿Por qué estas así? –La verdad madre. Él titubeó–. Me he enamorado.

Con los gestos articulados en su tez, supo que su madre se sentía ofendida.

–He dicho que no te enamores, te escogeré esposa una vez culminemos este certamen, obviamente será una princesa, no te casarás con cualquiera, y si te he prohibido tener relaciones liberales, es porque eso produce desgaste físico y emocional, el tener intimidad te va desgastando físicamente y el enamorarte te carcome emocionalmente.

–Madre, que argumentos tan insustanciales has utilizado, nade me ha de robar la belleza por amor.

–No te acuestas y a la aurora siguiente ya eres bello, no, bellamente se nace, se puede hacer, pero esa no es belleza, eso es estetismo, belleza de laboratorio– Mamita, apoco no es eso lo que haces conmigo, todos los días debo comer, vestir y hacer lo que tu ordenas, tus lacayas me pintan como quieren, me dan el alimento que tú les dices, esperas que muera y mi cadáver sea bello. Recusaba el príncipe Wallis, a quien su madre le dijera:

–El arte de verse bien implica todo eso, peinados, vaciados, ungüentos especiales, alimentación adecuada, rutina de ejercitación, probar innovadores peinados e indumentaria, deja de poner esa cara de mentecato, no es tan grande el sacrificio de un hombre para lucir hermoso, aguantaran lo que soportamos nosotras, enorgullécete.

–Madre, el orgullo puede hacernos sentir fuertes; pero jamás felices. A esto Ivania Cheryl lo sintió grácil en lugar de enfadarse.

–Me conmueves con esos sentimentalismos de pretensiosos, todo lo que haces es dar hermosura, mira ese perfil, no lo tiene cualquier hombre, mírate al espejo, enamórate de ti diariamente.

–Madre, entiéndelo, la belleza de un hombre se halla en sus actos no en su aspecto físico, deberías entender que los espejos son la más sucia y oscura magia que la gente no entiende, estoy fatigado de luchar y contender por un título sutil. Los espejos nos pueden hacer imaginar lo peor…

–O decirnos la verdad –completó ella.

–Hermosa madre mía, todo el mundo sonríe cuando eres bonito y entiendo que la mayoría son aduladores que tal vez también son quienes te odian por ser guapo, pero no quiero seguir poniéndole a mi rostro y a mi cuerpo productos que me pueda hacer ver lindo; pero que a su vez me van dañando el organismo.

–No hay producto peligroso, hay cantidades peligrosas, el agua es veneno; pero si te bebieras cinco litros de un solo, te mueres. Entonces él dijo: –Madre, imagínate que fallezco, dirán; «Muere joven y deja cadáver hermoso». –Uno y otro sonreían–. La belleza me gusta; pero la inteligencia literalmente me mata, ese soy yo madre.

–Hijo, eres tan especial, deberías ser como yo, la que es bella es bella y la que no, es pobre.

–No seas despectiva madre, la belleza reside en lo inesperado no en la rutina. Y evitemos charlar sobre este tipo de temas durante la de gustación de nuestro desayuno.

–¿Asististe para darle el pésame a tu amigo, el delfín del Ceibo y Fuego?

–Madre, discúlpame, pero no me he sentido muy bien con esos tratados de belleza que me haces.

–Hijo, volvemos a los mismo, la belleza es un ritual de suma importancia, sobre todo en personas de nuestra clase el canon de belleza masculino corresponde a hombres altos, musculosos en su justa medida y con rostros perfectos como el tuyo. –Le exponía su madre, parecía que comiera vanidad, y seguían señalándole lo que para ella era de suma importancia–. En el caso de las mujeres, debemos ser de muslos y caderas anchas y pecho pequeño, tal como lo soy, y todo esto cuesta más que desearlo y soñarlo.

–¡Madre!

–Hijo, entiéndelo, en ambos casos, tanto en ti como en mí, debemos estar preocupados por la estética, la cosmética y la peluquería, debido a ello es que contrate los servicios de Yerania y Varinia. Nosotros seguimos modas, es menester realizarnos rituales de cuidado facial y corporal y debemos darle importancia a la apariencia y la salud con la que hemos sido privilegiados.

Ivania Cheryl sintió que su hijo estaba molesto con ella, por lo que para apaciguar aquel desayuno ella le dijo–: ¡Buen provecho!

Uno y otro se sonrió.

Y a los límites del pueblo vivía Nahuel, era un muchacho del proletariado, pero tenía un primor único, ese que ni los príncipes Wallis y César Adalberto se pudieran imaginar; pero aquel dechado estaba contaminado por la vanagloria, y quien mejor que literalmente un espejo para decírselo y es que se decía que el egocentrismo constituye parte integral de la naturaleza humana, nos gusta sentirnos importantes, pero esa expresión puede llevar al engaño.

–A ver, hermoso yo del espejo, ¿quién es más guapo, tú o el verdadero yo? –preguntó Nahuel.

Actuaba como si el espejo lo pudiera escuchar y hacía mohínes cambiando también su voz aun poco más hombruna, pues; él era un chico de veintiún años, su belleza estaba en su mejor apogeo.

–Sin vanidad eres nadie –se decía a sí mismo con aquella voz manipulada por su talento actoral, nuevamente tomó su lugar y utilizando su voz le respondía al yo del espejo

–El primer amor es el amor propio, y yo tengo demasiado amor propio, la gente me señala, me apunta con el dedo, susurra a mis espaldas, dicen que soy vanidoso, soy hijo de la vanidad y lo llamo amor propio; pero que realmente la vanidad es amor propio al descubierto. –

Volvió a tomar el lugar de la voz hombruna y se dijo desde su reflejo–: la verdad es que eres un bonito pobre, y si no tienes capital no podrás cuidar de ese cutis, porque la belleza es un obsequio que debes cuidar y cultivar como lo haría un padre con un hijo, un jardinero con sus flores, un agricultor con su cultivo. –Sonrojado el muchacho, objetó–: Ya, entendí, pero no pienso ser pobre si tengo belleza, me he de desposar con una señorita, probablemente con una doncella, una condesa, no en vano he tardado mi vida entera en leer, prepararme física, intelectual y mentalmente, no me juzgues, esta hermosa envoltura que ves también tiene cerebro, con eso le voy a ganar a ese tal príncipe Wallis.

Así como Nahuel, los hombres del reino competirían por esa corona y cuando el espejo le dijera esto a él no le pareció agradable.

–¿Sabes? Los hombres de todo el reino competirán por ese título –advirtió su reflejo que más bien era su conciencia alertándolo.

–Nadie opacará quien soy, porque soy tan seguro de que nací pobre; pero mi carta del triunfo es mi perfecto encanto.

En ese momento entraba su hermana Gigi, quien le dijo:

–Hermano, eres una belleza; pero no atraigas la malicia con tus pensamientos, a veces la belleza y la vanidad son sinónimos de muerte.

El sujeto las manos de su hermana Gigi, danzó con ella diciéndole:

–Hermanita, soy hermoso no vanidoso.

Entonces Gigi que sabía cómo era su hermano con esa ternura protectora le dijo:

–¿Has leído el reglamento del concurso?

–Por supuesto, cuento con el cien por ciento de los requisitos que solicitan para competir, belleza, tonalidad y corpulencia. ¿Crees que no leí los textos que se me dieron en la epístola una vez me suscribí?

–Tienes que ganar, hermanito, porque empeñamos nuestra casita para que cumplieras tu anhelo.

–No hay duda de que los premios traeré a casa.

–Debes ser audaz, inteligente, dicen que Ivania Cheryl es de lo peor, que suele poner jueces a su favor, que sus jurados están sobornados desde un principio para que gane su hijo.

–Hermanita, pero yo soy un chico de cabellera caoba, soy un hombre con hermoso pelo rizado, me sienta muy bien el triunfo –dijo Nahuel, quien se notaba realmente vanidoso, se sentía jactancioso de su perfecto cabello, cuerpo físico; pero no sabíamos si su interior era tan hermoso como su reflejo exterior–. Mira el tono de mi cabello, obvio tengo este porte que debe inclinarse a un resultado muy natural, pero ¡ojo! Es recomendable únicamente para hombres vanidosos, pues necesita de retoques y cuidados, como mascarillas y tratamientos para mantener el color.

–Dale gracias a Dios que aprendí hacer todo eso y puedo seguir haciéndote lucir divino –dijo su hermana Gigi.

–Gigi, tú y yo somos un gran equipo, no nos vencerá esa señora Ivania Cheryl, porque el que es bello nace y no necesita una corona que lo diga.

–Eres lo único que tengo. ¿Cómo no dedicarme a ti, hermanito? Cuenta conmigo, para mí eres mi ganador, pero no te me dejes ahogar por la vanidad y sobre lo otro, también te amo.

–Lo otro no se dice, sino seré descalificado del concurso –dijo Nahuel, quien junto a su hermana escondía algún secretito.

§

En palacio del Ceibo y Fuego. Malock conversaba con su nieto César Adalberto, allí estaban en los aposentos del lozano, quien habría cambiado su actitud a raíz de la muerte de su queridísima abuela, Chantal Anahí.

–Hijo, tus padres han comentado que deseas reñir con todo a su paso para vencer al hijo de Ivania Cheryl; pero no lo hagas por venganza, de lo contrario no disfrutaras el triunfo.

–Abuelo, tú eres el diablo, ayúdame a ganar, debes conocer muchos embelecos.

–Mi niño amado, el diablo es perverso; pero ahora ya no soy él, solo soy tu abuelo Malock, Lucero, y tú eres como yo, como lucero, un dechado de virtudes y preciosidades deja la vanidad –dijo su abuelo al instante irrumpía su abuela Melanie Malvista.

–Mi cielo, la vanidad hay que dejársela a los que no tienen otra cosa que exhibir.

–Abuelos, ustedes no pueden tratar de enderezar mi andar, si ustedes son los Reyes de la Vanidad –objetó el delfín.

–Mi niño, yo fui quien creó a la Reina de los Espejos, a quien por generaciones ha sido conocida como un icono de vanidades; pero cambié, hoy puedo decir que no debes juzgar cada día por la cosecha que recoges, sino por las semillas que plantas, y tu surcas bondad, tú eres diferente a mí, yo soy el principio y el fin del pecado, tú eres libre de mis imperfecciones. –Malock intentaba que nieto no utilizare la vanidad como arma de venganza contra Ivania Cheryl.

–Sé que nadie cree en tu cambio; pero yo sí, y reafirmo lo que dijiste, Ivania Cheryl Pylsener es el mal en persona, responsable de la muerte de mi abuela, lo único que ella tiene a su favor, es a su hijo, de quien confieso sentirme atraído –confesó el delfín, sus abuelos no mostraron incomodidad.

–¿Sientes apego por el príncipe Wallis? –preguntó Melanie.

–Lo siento, pero así es, me temo que me he enamorado doblemente. –Sus abuelos le miraban sin intenciones de juzgarle–. Sé que mis padres me arreglaron un matrimonio, que de hecho en estos días ha de arribar la princesa Alma Yanalté de las Cuencas, y me es peor aún, quizás hasta inmoral decirlo; pero siento que los amo a los dos por igual, y me encuentro en una disyuntiva con el príncipe, ya que, si su madre provocó la muerte de mi abuela, merece pagarlo, y creo que lo que más le dolerá a la señora Pylsener, sería que el príncipe pierda la corona.

–Hijo, llevas rencor en tu corazón, eso no es sano –dijo Malock.

–De hecho, nosotros somos los menos indicados para decirte lo que es malo o bueno; pero por ese infinito amor que por ti profesamos es que estanos aquí, con licencia divina para poder salvarte de la maldad que rodea la vida de los tuyos. Y es probable que su majestad, el príncipe Wallis Antonio sea inocente de la podredumbre de su madre, no debería ser que un hijo pague por los pecados de sus padres –expresó Melanie, entonces su nieto les abrazó a ambos, les pidió ayuda.

–Apelo a sus corazones de belleza, me socorran, ayúdenme a prepararme para ser el Rey de la Elegancia, quiero esa corona, y si la voy a ganar lo hare limpiamente; pero ustedes saben más de belleza que mi persona.

–César Adalberto, mi nieto hermoso, soy tu abuela, fui y seré la inigualable Reina de los Espejos, he de concederte ayuda –dijo Melanie.

–Somos los indicados, soy el ángel más bello de la creación, y tienes nuestro patrocinio, te vamos a convertir en el Rey de la Elegancia, es un reto, vamos a indicarte todo cuanto debes hacer –dijo Malock–. Para ser verdaderamente bello, Cheryl tiene conocimiento; pero tu abuela y yo, tenemos la corona por los siglos de los siglos.

De repente entraron sus padres y su otro abuelo, Adaly.

–Y nosotros tenemos el conocimiento –dijo su madre, la reina Meghan Juniana.

–No admitiremos que uses fullerías –advirtió su padre, el rey Kamiran Xavier.

–Tampoco consentiremos que la memoria de mi amada Chantal Anahí se manche diciendo que nuestro nieto triunfo con timos –señaló el viudo, rey Adaly.

–Gracias a todos, prometo que obedeceré ciegamente todo cuanto esperan de mí.

–Somos tu familia –dijo el rey Kamiran Xavier.

–Como familia te apoyaremos, no importa si ganas o pierdes, aquí tienes a tu familia –dijo Malock–. Prepárate, Ivania Cheryl, porque el Rey de la Elegancia está por brotar en su propia tierra, por cierto, nadie se dio por enterado, pero allí estaba la nociva diabla quien hubiese auscultado sus planes de coronar como rey al lozano delfín.

§

Y hablando de los Pylsener McRadcliffet, en el palacete estaban las dos mujeres que servían como peluquera, cosmetóloga, tramaban algo contra Ivania Cheryl, sabiéndose a solas departían mientras Varinia teñía el cabello de Yerania, por cierto, teñir el cabello también estaba, los tonos caoba o pelirrojos eran los más comunes, pero ahora las damas de clases altas promovieron la preferencia por los tonos rubios. Para poder conseguir estos colores de cabello, se teñían con vinagre, azafrán y polvo de oro, también se había innovado la extensión del uso de excrementos de paloma, de jabón cáustico para decolorar el pelo y grasa de cabra, tal como lo demostraba Varinia.

–Estoy segura de que lucirás más bella con este tono rojizo –mencionó la peluquera Varinia.

–¡Ay! Adoro estos cambios de coloraciones en mi cabello, es la ventaja de tenernos como amigas y cuñadas –replicó Yerania.

–Oye, por cierto, ¿cuándo le vamos a dar su merecido a Ivania Cheryl?

–Varinia, me parece que no me conoces bien, ya le estoy dando su merecido, en sus alimentos le he puesto huevos de tenia con sus píldoras para que crea que sigue adelgazando, pero en realidad esos animales se comerán su interior –confesó las fechorías que le estaba haciendo a su favorecedora.

–Eso quiere decir que los huevecillos rompen y las tenias nacen dentro de su organismo, y se comen todo lo que ella consume como alimentos.

–Correctamente, cuñadita –dijo Yerania guiñándole el ojo–. Ahora vamos a hacer algo que haga creer que ella está atentando contra la corona del Ceibo y Fuego.

–¿Qué? –preguntó Varinia, Yerania al oído le dijo algo que puso pálida a la mujer–. Eso es un crimen y si nos descubren nos mandarán a la hoguera, sabes que eso no se trata solo de Ivania Cheryl, aquí vas contra la familia reina de esta ciudad, y dicen que en su palacio mora el diablo, bajo la identidad de Malock Malanoche, no quiero tener que ver con el demonio y los suyos.

–Lo siento, Varinia, pero mañana después de la presentación de los seleccionados para reñir por la corona de la elegancia, atacaremos a donde te dije.

Los planes de Yerania y Varinia eran contra su adversaria entre los cuales surgirían daños colaterales.

Se llegó la noche, el príncipe Wallis Antonio y el delfín César Adalberto comía un postre, situado en la glorieta de su alcoba, bajo la majestuosidad que la luna regalaba esta noche con la maravillosa constelación de colores.

–Debo confesarle algo –dijo dócilmente el lozano príncipe Wallis Antonio.

–¡Le escucho!

–Me siento apenado; pero si mi corazón no me falla, estoy enamorado –dijo el lozano príncipe.

–¡Majestuoso! –exteriorizó el delfín, sintiéndose con el ánimo vaciado, repentinamente el príncipe le sujetó por la espalda, hablándole con esa delicadeza.

–Es probable que sea condenado por esto; pero es usted de quien me siento enamorado.

Para ese momento por la espalda le había abrazado el príncipe, ruborizado por la confesión, el delfín le dijo:

–Pues, no puedo oponerme a ello, porque mis sentires son iguales para usted. –Aquella aceptación mutua les daba felicidad a uno y otro, pero el delfín hizo que eso fuera tremendamente fugaz–. Pero mi prometida, la princesa Alma Yanalté, arribó esta noche y descansa en sus aposentos, no me vea así, la amo como lo amo a usted, estoy en una desconcertante disyuntiva, sigo cuestionándome, ¿Cómo puede gustarme un hombre y una mujer a la vez?

–Su majestad, lo entiendo, no debe ser fácil, debo partir.

Cuando se alejaba, el delfín le sujetó la mano, fue a él, le dio un beso en la frente.

–Al principio pensaba que era producto de mi relación amistosa con usted; pero cuando menos lo pensé se había vuelto parte de mis sueños, y de mi diario vivir –confesó el delfín.

–Nada puede suceder, ¿cuándo se habrá visto una relación como la que pretendo, dos caballeros? No existe más que en mi mente enamorada.

–Pues, solo existe en nuestras mentes, no se vaya, solo abráceme.

–Salgamos a dar un paseo por los jardines –dijo el príncipe Wallis.

Poco después, cuando el aposento estuvo solo apareció la diabla, buscaba al príncipe.

–Delfincito, como que no está por aquí, pero detecto una presencia. –En ese momento su tridente brilló apuntando hacia al espejo–. Un espejo encantado, ¡interesante! Con el vértice del tridente y el pico de su cola diabólica, tocó el espejó, y el hada Hojitas que reposaba en el espejo, se escuchó bostezar, seguidamente reprendía al príncipe.

–Querido delfín, no me puedes hasta que arregle mis horrendas fachas, como tus abuelos Melanie y Malock, prohibieron que me vieras, pero ellos no saben que ya me vez, debo tener cuidado, espera a que me arregle y luzca bella ante ti.

El hada Hojitas tenía la virtud de camuflaje, disfrutaba el ser reflejo de aquellos que se aproximaban al espejo con amor propio; pero sabía que algún desesperado instintivo algún día se vería al espejo y no arrojaría la misma belleza exterior que la del interior, amaba que los mortales se reflejaran y un de pronto se ve una mujer hermosa camina firmemente, y es que la diabla había tornado a ser Ivania Cheryl, quien al llamarle la atención de a ver alcanzado mirar que el espejo se movía como si fuese agua, había auscultado una voz que la hizo ir al prototipo.

–Amaba cuando una mujer se veía al espejo..., por eso dije amé, amaba, del verbo amar en pasado y ahora en presente, amo mi presente. –Ivania Cheryl permaneció azorada escuchando la frecuencia proveniente del espejo, quien parecía idolatrarla–. ¡Qué sublimidad eres, humana!

–Espera un poco, los dimes y diretes de la conexión con la maldición de los espejos y este reino, es certera –dijo Ivania Cheryl como si interrogase a su propio reflejo en el espejo que de la nada tomó contra de sí mismo–. ¿Cómo es posible? Me he movido y tú sigues allí, eres yo; pero tienes el control de mi reflejo, es como si yo estuviese en dos espacios a la vez.

Aunque esto no asustaba a la señora Ivania Cheryl. El espejo hablaba, ahora utilizando la réplica exacta de quien se reflejara en cuyo prototipo y aún decía:

–Dama hermosa, ¿sabes? Soy tan bella que mi nombre debería ser adonis, y somos mancebos una de la otra. Juro que lo nuestro es reflejo amoroso a primera vista, nos amamos tras estar el uno frente al otro y nos dijimos

–¡Soy sublimemente bella!

Con quien departía Ivania Cheryl, era con un espejo pegado a la pared en el interior de los aposentos del delfín César Adalberto, cuyo prototipo era de un grosor entre negro y de muy considerable longitud, solía pavonear su belleza sintiéndose un pavorreal, pues en realidad su fachada era esa; los numerosos ojos de un pavorreal, los espejitos de bolso o que andaban en diferentes lugares eran sus hijos, el espejo se decía padre y madre de ellos, estos eran buenos y daban reflejos reales, sin embargo estaban programados para servir a su alteza el delfín César Adalberto.

–Pero tú no eres mi ahijado.

–¿Eres su hada madrina? –preguntó Ivania Cheryl.

–¡Lo soy! –contestó el espejo que en su realidad era el hada Hojitas.

–Dime entonces, ¿tu ahijado, tiene alguna debilidad –preguntó Ivania Cheryl.

–¡Revélamela! ¿Cuál es?

–¡Tu hijo!

–¿Mi hijo?

–Ay ya metí la lengua donde no debía, me tengo que ir, debo tomar más siestas, fuera de mi vista. Cuando desapareció el reflejo del espejo, Ivania Cheryl no comprendió porque la debilidad del delfín fuera su hijo Wallis Antonio, reanudó a su estado de diabla.

§

Mientras tanto, en los jardines de palacio, a ocultas de todos, se besaban como dos almas completamente enamoradas, sin sentir miedo del apego que los unía y de la realidad que los podría separar por ser algo nuevo en sus vidas, en el fondo sabían que sus familias no estaban listas para este tipo de relaciones, y nunca habrían visto o pensando en la idea de que dos hombres se enamorasen.

–Oh príncipe, que ingratitud es esta –dijo el tembleque delfín del Ceibo y Fuego, se habían sentado a un banquillo viendo el rubor de la majestuosa luna de cristal y oro–. Si nuestros parientes se enteran de que son sus ojos mi espejo.

–No piense en los miedos, no somos malos por dejarnos llevar por nuestros apegos, no hemos pedido que la lujuria nos arrastre más allá de amarnos y tener el privilegio de besarnos –argumentó el príncipe Wallis, que era un poco afeminado.

–Pero estoy prometido y pronto a casarme con la princesa Alma Yanalté, y es probable que no desee renunciar a ella; pero tampoco a usted, y no sé cómo llamarle a esto que siento por usted siendo de mi mismo género, quizás nos condenen como aberrantes por este extraño apego en que nuestros cuerpos como imanes se atraen y desean estar juntos por la eternidad –expresó el delfín César Adalberto, allí estaban los dos, sujetos de las manos, mirándose con ternura y devoción reciproca.

–Príncipe, mi bienquerido César Adalberto, lo correcto es casarse con la princesa, lo nuestro sería solo una quimera, no tenemos derecho, no hay en el mundo parejas de hombre con hombre, y si los intentase existir, de seguro tendría el mismo destino de Sodoma y Gomorra, no tema por mí, lo guardaré en mi corazón, como el amor que dejé ir para que floreciere en otros brazos, me es enteramente satisfactorio de que fui, soy y seguramente me será correspondido.

La devoción con la que se expresaba el príncipe Wallis y el mismo delfín, eran solamente síntomas de un amor verdadero, una pasión que no tendría fruto.

–Oh Wallis, créamelo, que siento por su merced lo mismo que siento por la princesa Alma Yanalté. Verosímilmente, algún día entenderemos como se llama a este apego que existe entre usted y yo, aunque lo más seguro es que el mundo nunca lo comprenda y eternamente lo tilde como una aberración, o lo llamen de cualquier forma denigrante, menos amor, argumentado de que en la creación se hizo solo Adán y Eva, varón y hembra.

Los temores del delfín no eran del todo equívocos.

–César Adalberto, la humanidad jamás conocerá el real significado del amor, no podrán comprender que el amor es amor, no importando etnias, géneros o estratos sociales –masculló el príncipe Wallis Antonio–. Pero estoy seguro de que no será bien visto, porque si usted y yo hemos temido por este sentir, lo hemos gozado en privado, significa que las personas que sean como nosotros, difícilmente podrán ser libres y felices.

–En efecto, si lo henos tenido que disfrutar en secreto, es probable que quienes lo sientan o sean como nosotros jamás podrán ser libres –manifestó el delfín.

–No, tampoco jamás, los tiempos cambian, las civilizaciones irán siendo más libres, habrá algún día en que cuando alguien como usted o como yo, puedan verse al espejo, y se reconozcan como son.

–Seguramente algún día, aprenderemos que cuando al espejo veamos fealdad o algo que no nos agrada, estamos aun viendo con los ojos de la sociedad –dijo el delfín César Adalberto.

–Soñar despierto tiene un nombre –dijo el príncipe Wallis, titubeando respondió–: se llama esperanza.

–Debemos marchar cada uno a su respectivo aposento, mañana tendremos la primera presentación rumbo a la corona del rey elegante –comentó el delfín.

–No me importa esa corona, si lo tengo a usted.

–Tampoco me importa; pero me confieso interesado en ganarla y que conste que eso no aminora el afecto por usted –dijo César Adalberto.

–¡Lo quiero! –dijo el príncipe Wallis.

–No dude que el sentir es recíproco, mi corazón está abierto... para que se encuentre en él; pero he sido honesto, si mira dentro de mi corazón, corre el riesgo de que se encuentre con mi amor por ella –dijo el delfín, después de darle un expeditivo beso, el príncipe Wallis se marchó, un poco triste porque sabía que la princesa tenía más oportunidad que él, después de todo, el amor que los humanos reconocen es entre personas de sexos opuestos.

–Si supieras que, de poder contar la belleza en segundos, tú serías mi eternidad, y hablando de medidas, te amo más a ti que a ella; pero mi deber y mi obligación son con ella, puesto que somos prometidos desde vientres maternos, podría renunciar a uno de los dos; peor no sé a quién

Mientras murmuraba sus pensamientos en mente, su prometida, la princesa Alma Yanalté lo sorprendió.

–¿Cómo está, mi hermoso futuro Rey de la Elegancia? –preguntó la princesa.

No cabía duda de que él la amaba también, al verla se ruborizó, la cargó en brazos y giró con ella como si danzaran entre nubes de felicidad.

–Justo pensaba en ti, decía que, si me encuentro a un genio y tendría que pedirle tres deseos, te pediría a ti las tres veces.

Las expresiones del romancito delfín recibieron la placidez de un tierno beso.

–He sido bendecida con la elección de esposo, pues; se dice que eres de noble corazón y de ferviente amar.

–Todo se está organizando para nuestra ceremonia, dentro de dos intervalos seremos contrayentes, yo seré tuyo y tú serás mía, que conste amada mía, flor de mi tierra, que conste en actas que no admitiré restituciones, una vez enlazada a mí, seré tuyo siempre.

–Mi príncipe hermoso, no tengo palabras bonitas para ti, sino un verso sincero: mi amor por ti es infinito y mi corazón es verdadero. –Destellaban hermosos como la pareja real que conformarían en el plazo de dos intervalos.

§

Se llegó el día en que los concursantes se conocerían y sabrían ante quienes se enfrentarían, como se prepararían para ser vencedores. Cada uno de ellos había llevado personal especial para que los cuidase físicamente. En capitolio de Ceibo y Fuego se presentaron treinta jóvenes hombres de los cuales diez fueron seleccionados una vez hubieran desfilado en la pasarela inspeccionada por la señora Ivania Cheryl. En el interior del camerino del joven Nahuel, el joven entró contento, sintiéndose triunfante, abrazó a su hermana y le decía:

–¡Lo logré! No, eso no, juntos lo hicimos.

–¿Y que más dijeron? –preguntó ella un poco nerviosa.

–Gigi, bueno esto se va a centrar en el maquillaje, el cabello y el traje de gala, muestra de talento, y eso de maquillaje no lo dicen abiertamente; pero a todos los que desfilaron por la pasarela se les notaba que traían maquillaje, unos exageraron en sus tonalidades –le contaba a Gigi.

–¿Qué va a ser el premio?

–Se dará títulos por parte del reino, la organizadora del evento pues nos dará la corona y un premio en efectivo, y en la última gala donde se escoja al ganador, según entendí haremos un discurso del porqué queremos ser Míster Elegancia. –Seguía comportándose nerviosamente la joven Gigi.

–Debo ir a casa, me siento agotada.

–Pero hermana, espérame.

Justo salía Gigi cuando arribaba el príncipe Wallis Antonio, saludó a Nahuel.

–Soy el príncipe Wallis, he venido a desearte suerte; pero creo que su prometida se ha ido incomodadamente.

–Oh no, ella es mi hermana –dijo al príncipe, a ese que miraba como si le hubiera atraído–. Es un privilegio recibir su saludo.

–Somos compañeros de certamen, el objetivo de esto es conocer nuevas personas, hacer amistades, la competitividad para mí es una forma de demostrar que puedo hacer las cosas de una manera correcta, de mostrar que merezco esa corona porque lo luché como el resto de los competidores.

–Habla usted muy correctamente, y también es de hermosa belleza, lo difícil de creer es que un príncipe me hable a mí, a un...

y de repente el príncipe le sujetó la mano diciéndole:

–A un ser humano hermoso como toda la humanidad.

La emoción que sentía Nahuel era enorme; pero todo se evaporó cuando se escuchó un escándalo sobre que alguien habría robado una alabastroteca con todo el kit de belleza, y daba la casualidad de que era propiedad de la maquillista del delfín del Ceibo y Fuego, quien se habría marchado con sus padres y abuelos.

–¡Salgamos de aquí! –propuso Nahuel

–Por supuesto, me gustaría conocer donde resides, con quien se relaciona, no crea que me siento superior.

–No pienso nada negativo de usted –dijo Nahuel mientras salían del acontecimiento y la madre del príncipe les veía marcha, no le agradaba la amistad con nadie que fuera a distraer a su hijo de su objetivo de coronarse nuevamente.

Más tarde, Gigi amaba tanto a su hermano que era capaz de lo que fuera porque el triunfara, y eso lo demostró ahora que estuvo presente en la primera aparición de los concursantes en el certamen de belleza masculina, ella sabía qué utensilios se utilizaban en cosmética; pero no tenía los recursos para obtenerlo. Y pues; los menesteres indicados para el maquillaje de las mujeres eran variados: espátulas, pinzas, peines y agujas para el cabello. Contaban también con frascos de perfumes y maquillajes líquidos y ungüentarios. Para aplicar el colorete utilizaban conchas. Tenían objetos de tocador como espejos de metal o cobre labrados y estuches para guardar las joyas.

Esta noche en el capitolio del ceibo, hallándose a solas en los camerinos, robó un alabastroteca, era una caja de maquillaje de madera y marfil con utensilios perteneciente a un período comprendido entre los siglos III y II a. de C. no cualquier persona podría tener susodicha alabastroteca, y más si se trataba de personas pobres económicamente. Por cierto, en el caso de los afeitados se utilizaban cuchillas de hierro, pero, en los lugares destinados al afeitado no siempre se afilaban bien por lo que, quien podría permitírselo, 'contrataba' a un profesional para que fuera a su casa a rasurarlo y acicalarlo. Aun así, estaba muy extendido el uso de los locales de peluquería y afeitado e ir allí era el mejor modo de enterarse de noticias frescas; pero Gigi no podía costearse estudios académicos, debido a que costaban una fortuna, por lo que aprendía practicando con muñecas o con su hermano que habría sido su ratita de laboratorio, y sí, robó esa caja con todo lo necesario para que su hermano pudiera competir dignamente.

Ella había aprendido el arte de los cuidados de la piel, tratamientos capilares y faciales, afeitado y depilación, todo sobre peinados masculinos, tintes para el cabello, corte y confección, pues; debía diseñar los trajes que su hermano lucía en los eventos sociales.

–¿Escuchaste que se robaron una alabastroteca? –preguntó su hermano, mientras comían la cena, sentados aquel acabado comedor que tuviera por asientos dos trozos de madera en forma circular.

–Lo hice yo –confesó ella, casi llorando, él se puso de pie, se acercó a ella y la abrazó–. Cuando vi a todos los concursantes en escena, supe que no podríamos ganar si no teníamos las herramientas necesarias, y nadie no haría el trabajo por amor al arte o de favor, así que volví a robar, como también robé la tela para tu traje.

–No nos darían oportunidad si no tenemos suficiente equipo para triunfar. –Empezó a llorar–. Perdóname por dejar que robes para ayudarme a escalar, juro que si llego a ser tan opulento como deseo, jamás te olvidaré, hermana.

–Te amo, solo quiero verte feliz, y por falta de recursos no vas a desperdiciar esa belleza que pavoneas, y más te vale que me haya tocado delinquir lo valores y no eches a perder la posibilidad de ser el rey, vi solo a dos personas más que pueden acabarte, los príncipes César Adalberto y Wallis Antonio, los demás son guapos, pero les falta chispa, a otros, cerebro, la mayoría de esos hombres solo quieren ser reyes por atraer chicas.

–Lo haré, Gigi, valoraré tu sacrificio de haber salpicado tu reputación robando para complacerme, igual siempre te ha tocado robar para darme de comer, ah y lo que tenemos que hacer es cambiarle tonalidad a esa alabastroteca, pintarla de otro color y si alguien te pregunta de donde la sacaste, diremos que fue la única herencia de nuestros padres.

—¿Y ese rubor en ti? —Sus gestos corporales sondeaban sobre un enamorado.

—Conocí a alguien —dijo Nahuel.

—Pero no puedes tener ninguna relación durante estés en el concurso, ¡Ay! Pero dime quién es. Algún caballero de la zona, mujer no es, pero no había ninguno de nuestra clase social allí.

—Gigi, no lo creerás —dijo jocosamente.

—Menos si no me lo dices.

—Es el príncipe Wallis, me invitó a salir mañana.

Pero a Gigi no le gustaba para nada esa idea, sabía que podrían romperle el corazón a su hermano, pues; un príncipe jamás se fijaría en un hombre y se lo hizo ver.

—No, hermanito, es un príncipe, un concursante que te va hablar bonito para embaucarte, jamás esa gente permitirá que dos hombres se junten, además no hay, no ha habido, ni habrá una relación entre dos hombres, por más que lo queramos, esto es una ilusión, qué más quisiera yo, que decirte que serás el sueño de amor para un príncipe.

—Lo sé Gigi, sé que la gente como yo permanecerá oculta hasta el fin de nuestros días, siento que no soy especial, que solo deseo la corona para sentirme alguien, porque al menos seré rey, un elegante pero infeliz, cada que me miro al espejo, no veo mi reflejo, veo a una mujer, siento que esa mujer vive dentro de mi cuerpo.

—¡Cállalo! Olvida los espejos, los espejos se han hecho para enloquecer, para crearnos confusión.

Gigi abrazaba a su hermano que parecía llorar porque su destino era ser un alma del silencio.

—Los espejos… —Se acercó al viejo espejo roto que tenían, sujeto de la mano de su hermana, siguió diciendo—: aunque te veas cien veces en un espejo te costaría reconocerte a ti mismo, puesto que no todos los espejos son iguales y ninguno es perfecto, un espejo roto puede distorsionar muchas veces el reflejo; pero es uno mismo quien distorsiona su propia identidad, la realidad es una sola que cambia dependiendo de los ojos con los que se juzga.

—Hermanito, si en el espejo vez fealdad o vez una mujer es porque estás bien con los ojos de la sociedad, libera tu alma.

–¿Cómo?

–Dejando de preocuparte por si eres o no diferente a los demás hombres, de seguro te gustó el príncipe, te impresionó que un hombre tan guapo te haya hablado, e invitado a salir; pero no olvides es un concursante y para rematar, hijo de la organizadora y presidenta del evento, lo más seguro es que quiere conocer tus estrategias para ganar y una vez sepa cuáles son, las usara contra ti.

–Gigi, ¿y si él es diferente? Si en realidad las personas como yo tuviéramos derecho a amar y ser amados.

–Nahuel, quizás me creas negativa, o inmune a que las cosas buenas le pasen a los pobres y huérfanos como tú y yo, pero eso sí, no te quitare la ilusión, permitiré que seas tú quien deje hasta donde llegan las cosas con ese príncipe, pero si te hace daño, no le voy a robar sus riquezas sino su vida en cambio de cualquier perjuicio contra ti.

Gigi daba todo por su hermano, desde que su madre había muerto y su padre había renegado de ellos porque ella apoyaba la conducta femenina del muchacho, los había arrojado al exilio, y ellos sobrevivían robando, sentían que esta era la oportunidad de hacer algo que les diera esperanza de un mejor porvenir.

El delfín César Adalberto no llegó a dormir, se dio por desaparecido, en el reino la noticia voló de boca en boca; pero su enamorado Wallis no lo supo, pues junto con Nahuel salieron de la ciudad a un día de campo, se comportaron como amigos, pero el príncipe sabía que Nahuel tenía ilusiones más que de amigos. Se hace oficial que el delfín César Adalberto ha sido secuestrado, han pasado noventa seis horas, es decir cuatro días, la reina Meghan Juniana no encuentra consuelo, su padre, Malock Malanoche pide aquiescencia para poder departir con ella y a solas, su madre la dejó, marchó en compañía de sus consuegros y su yerno.

–Hija, prometo que mi nieto volverá a ti sin un leve rasguño, igual que tu cónyuge, un día, un día cruzó el portal y penetró al Reino de los Espejos y descubrió la entrada rumbo al Alcázar de las Flamas, dicho de otra manera, tu desposado siendo un infante estuvo en el infierno y salió con vida, sin ninguna raspadura, lo que significa que mi familia es intocable, y vamos a traerte de vuelta a tu hijo –dijo Malock.

–¡Papá! –exclamó la reina Meghan Juniana gimoteando, se había dejado abrazar por su padre–. Lo sé padre mío, si renunciaste a todo por amor a mí, sé que devolverás a mi hijo sano y salvo, solo necesito saber que los secuestradores no le harán daño alguno.

–Te lo prometo que no le harán daño, escúchame atentamente, si por amar a ti renuncié a la corona de los avernos, te prometo hija mía, que, por mi amado nieto, renunciare a la misma vida, no sin antes derribar a los hampones que lo han secuestrado.

La promesa que su padre le hiciera le daba esperanzas a la reina.

–¡Te amo, padre mío! He sido ingrata, solo me he dedicado a dudar de ti, cuando tu solo me has dado tu amor, quiero que despedaces a Ivania Cheryl Pylsener, si ella le hizo algo a mi hijo, tuvo que ser ella, se siente amenazada por la belleza que posee mi hijo.

Parecía que la reina Meghan Juniana despertaba su lado obscuro del corazón.

–¡Oh! Mi pequeña oriunda, tú no, no lo harás, no serás la villana de este cuento, debo confesarte algo muy importante –dijo Malock a su hija, cautivando su interés.

–¡Háblalo, padre mío!

–Debo decirte que en siete días tornaré a mi estado natural.

Aquella confesión de su padre hizo que la reina lo abrazase con mayor fuerza.

–Padre, no has de morir, solo volverás a ser el diablo –dijo con gran naturalidad y aceptación–. No tienes culpa de que el mundo sea como es, el diablo solo pone el plato mas no obliga al cristiano a comerlo, le falla al creador quien quiere fallar.

–Tienes razón, hija mía, algunos humanos me tildan como el malo, el diablo es malo, es esto, es lo otro, y de todo el culpable es el pobre diablo; pero a la hora de concebir mal superan mi nombre y me quitan la aureola con sus obras pecaminosas, sus acciones, omisiones y premeditaciones son peores que mis estrategias cuándo le fallé al altísimo.

–Ivania Cheryl… ¿Estás totalmente seguro de que ella es la versión femenina del diablo? Como lo has aseverado en las tertulias –inquirió su hija Meghan Juniana.

–Hija, más sabe el diablo por diablo que por viejo, sé y estoy seguro de que lo es, porque puedo sentir su presencia, esa materia aún no se instala en ella, debido a que mi tiempo está cerca y ansia volver a mí, por más que ella ose querer ser la reina del mundo, sé que no puedes confiar en mí; pero la peste negra, y todos los actos nocivos de los que se me han acusado, soy totalmente inocente, ahora sí que puede la muchedumbre decir que lance la primera piedra el que esté libre de pecado y yo, le daría una buena pedrada a esa mujer.

–Confío en ti, nunca he dudado de ti; pero no le he querido dar pie a esa mujer para que arremeta contra mi hijo; pero aun así lo hizo, así que, aunque debas hurgar lo más profundo en ella, indaga sobre mi hijo.

Mientras padre e hija se confortaban, en la ciudad era oficial el secuestro del lozano delfín César Adalberto, los rumores hablaban de que hubiera sido raptado por envidia y temores a que destronara al príncipe Wallis Antonio.

§

Y en el palacete del Ceibo y Fuego, esto llegaba a oídos de Ivania Cheryl, y es que acaloradamente su hijo le reclamaba sobre mencionado suceso. A solas estaban en el salón del té.

–Esa forma de abrir bruscamente la puerta, no es digna de un príncipe, irrumpes como un vulgo, eso pasa cuando te juntas con la prole, gentuza corriente como ese tal Nahuel Arco Lars, deja esa actitud, desconcentras mi interesante lectura –refunfuñó Ivana Cheryl, a quien su hijo enloquecidamente le dijese:

–¿Dónde tienes al delfín del Ceibo y Fuego?

Dejando por un lado su té y libro, ella se apostó en pie, moviendo negativamente su índice y al mismo compás su cabeza, de tres formas le respondió a su hijo.

–No, no y no, te equivocas, no sé de ese ilustre. –negó rotundamente, Yerania y Varinia de un extremo secreto vigilaban la disputa, parecían disfrutarlo–. ¿Me acusas de retención? No he secuestrado a ese muchachito, he hecho amistad y buenas relaciones con la princesa que es su prometida, sí, Alma Yanalté, es una princesa con riquezas y honores, me ha frecuentado mientras tú te diviertes con ese pueblerino con ínfulas de futuro Rey de la Elegancia.

–Justo como lo que esperas sea mi desposada, para que me dé un digno título, no me digas, osas desapareceré al gallardo delfín para dejar a la princesa sin prometido, y que yo la pueda cortejar.

—Hijo, me superas, esa idea no está del todo mal, desapareció o muerto él, serías el rey de los elegantes, en el certamen, nadie podría disputarte la corona y titulo de invicto, y ganarías más crédito, y como propina, podrías idear casarte con la princesa Alma Yanalté, serías el rey.

—No, madre, no quiero seguir con cursando, estoy saciado de competir y hacer sentir menos a los que pierden en los concursos, si ellos supieran que tú empleas trucos de belleza, aderezas mis desperfectos, eso es trampa, automáticamente me destituirían, entiéndelo, no soy hermoso sin arreglos, sin afeites, sin ungüentos, sin tratamientos y tantas cosas que me haces a lo secreto, sería nada, y se dentro de mí que soy feo, feo porque soy cómplice de tus trampas —vociferó su hijo, un desahogo que ofuscaba a su madre.

—Hijo, no seas majadero, la belleza y el triunfo como todo en esta vida, cuesta, todo tiene un alto precio —argumentó Ivania Cheryl mirando el descontento de su hijo—. A todo esto, no es de tu incumbencia si aparece o no el principito de oropel.

—Sí lo es. —Al escucharlo, ella se detuvo, lo miró lo a ojos, el rompió la promesa de no ser feliz, reveló su mayor secreto, su más grandes miedo—. Estoy enamorado de él. Justo en ese instante se desató la ira de su madre, recordó que la aparición del espejo le dijo que la debilidad del delfín del Ceibo y Fuego fuera su hijo, y uniendo piezas cavilaba que se trata de que los dos fueran víctimas de un apego prohibido, después de cavilarlo todo, suspiro furiosamente, se acercó a él y lo abofeteó a quien en defensa le gritó acaloradamente.

—¡Cállate desventurado!

Y sin medir consecuencias se transformó en la diabla, su hijo se quedó atónito, permaneció perplejo; pero inmutadas permanecieron sus empleadas Yerania y Varinia, a quienes hubiera descubierto a medida se convertida en la diabla, Ivania Cheryl no había podido controlar su ira, el furor había sido el motor que la transformó frente a su hijo

—Después de todo, somos iguales, yo soy la diabla y tú eres mi aberración favorita.

—No te confundas, aléjate de mí, demonio infernal, imploro salgas de la materia de mi madre.

—Criatura de mis entrañas, no dejaré de ser esto, porque esto me ayudará a gobernar el mundo, y a tu pregunta dónde está tu amado príncipe, quienes lo raptaron lo hicieron para que se me inculpara de ello, vinieron aquí, a este palacete y situaron objetos personales del antedicho delfín, pretendiendo que tú las encuentres y me culpes de ello, pero ya tendremos juicio yo y esas infames criaturas que optaron por ponernos en afrenta. Ivania Cheryl camuflada como la diabólica diabla, miraba a las mujeres, de quienes sus impresiones permutaban.

–No debería, pero dime, ¿Dónde está el delfín? –inquirió afligido el príncipe Wallis Antonio.

–La diabla no presta auxilios, tú me pides algo, debes darme algo.

–Claro, debí suponer que Lucifer nada lo hace sin pedir a cambio, ¿Qué solicitas de mí?

–El amor es un sacrificio, entonces, si le quieres en verdad, deberás darme lo más preciado por ti.

–¿Qué es lo que quieres? Habla, cada minuto es tarde para estar con él.

–Renunciarás a él, podrás seguir siendo desviado y deberás vivir con su amor por él en tu interior, si algún día optas por romper el pacto, contándole lo que hiciste por amor, tu amor por él será su muerte.

Cruel era lo que pedía; pero estuvo dispuesto a la renuncia.

–¡Lo haré!

–Tan predecible, tus ojos lo mirarán, tus labios desearán el roce de los suyos, tus manos acariciarán el deseo de poseerlo, tus sentidos arderán por él; pero no podrás tenerlo, has de mirarlo enlazado a una mujer, aun él amándote a ti, recuerda que dos hombres no pueden estar juntos, no para un mundo de intolerantes, ni ayer, ni ahora, ni mañana, ni nunca; puede que las utopías parezcan realidades, pero son pesadillas, ¡Ay! Hijo, gracias por hacerme feliz.

La crueldad de arrancarle el amor a una persona era lo peor, pues; estaba muerto en vida, odiando quizás los sentimientos por culpa de otro humano, así era como la diabla hacia con el hijo de Ivania Cheryl, que por cierto no era diferente a la posesión.

–Tú no eres mi madre, y ya acepté, ya renuncié a él, ahora dime donde lo encuentro.

–Hijo, ternurita, el amor y los sueños solo deben ser ilusiones, allí es donde existen los para y por siempre, así que te sugiero que en tu mente lo idealices y allí mismos lo ames.

–¡Basta! ¡¿Dónde está?! –gritó el príncipe.

—Junto al cementerio, en la parte inferior, abre la bobeada que contiene el sarcófago de su extinta abuela Melanie Malvista, abrirlo te llevará a una puertecilla, deberás encontrarlo amordazado y atado de pies y manos, sobre un horcón de cedro y para que cumplas debes ir con la princesa Alma Yanalté, no me falles, recuerda que cuando de timadoras se trata soy la reina, soy la diabla, anuncia que soy Belcebú.

Salió de aquel recinto, no habría pasado un santiamén cuando la diabla tenía ante ella y de rodillas a Varinia y Yerania.

—A mí no se me falla, la mala aquí soy yo, ustedes solo son dos pelusas en liquidaciones, por más perdón que me pidan, no lo hay, sé muy bien porque has venido, quiero escucharlo, y si me van a mentir, entiéndanlo bien, no soy Ivania Cheryl, soy la diabla, reencarnación del mal, el anunciado anticristo.

—Libera a Varinia, vine en venganza por mi hermano el emperador Diego, a quien hiciste perder en el certamen —confesó Yerania a Ivania Cheryl.

—Criatura, si los triunfadores no saben fracasar no aprenden a saborear los éxitos, que quiero decir, que tu hermanito, era un perdedor, pero su orgullo lo hacía cegarse, creerse mejor que los demás, admiraba su coraje.

—Entonces, ¿por qué lo desfiguraste minutos antes de su presentación? —preguntó Yerania.

—En la guerra como en el amor, todo es válido, él solo fue un leve daño colateral —argumentó la diabla.

—No, señora, no lo fue, él no fue el único daño colateral, para ti, todos fueron daños colaterales, sé muy bien que perjudicaste el rostro de siete concursantes en diferentes naciones —vociferó Varinia.

—Lo hice, el mundo es de sálvese quien pueda, triunfe quien quiera, si te quedas de brazos cruzados, otro haría lo que hice —dijo desvergonzadamente la diabla—. Y sobre ti, dices no tener nada que ver en esto; pero eres la novia del emperador, les diré, han sido unas niñas malas, creen que con mis poderes no sé lo que le han hecho a la materia que utilizo, han estado adicionándole mayor cantidad de arsénico a las bebidas que consumo como Ivania Cheryl, me han dado huevecillos de tenia, sabiendo que es mortal, seré benévola con ustedes, no dejaré que mi hiena se las coma, les obsequiare un viaje sin retorno, porque una persona que busca venganza, no es tan buena como lo dice, porque llega a ser igual que quien le hizo el daño.

—Eres el diablo —refutó Varinia.

—La diabla, y después de todo, no tienen derecho apuntarme con sus dedillos, escudriñen su interior y encontrarán respuesta del porqué no hacerlo, no saben, pues; hacen mal por mal, no son diferentes a mí, su perversa diabla. —Reía a diestra y siniestra—. Eso, sí, tiemblen, porque he decidido fulminarlas.

Dio dos escupitajos de lava volcánica con las que desintegró a las mujeres, quienes tras morir fueron a caer directo al infierno.

La diabla se puso en pie, su indumentaria había perdido el escarlata, ahora era de fuego consumidor, y a sus legiones les dijo.

—Ha llegado la hora de ir a la conquista, destrocen la ciudad del Ceibo y Fuego, háganle honor al título del reino, quemen la madera y que el fuego sobresalga, después de esto no existirá más la luz en este mundo, se enaltecerán las flamas de ustedes mis preciadas antorchas.

La reina del mal ha despertado como la encarnación de Belcebú. El príncipe y la princesa encontraron y rescataron al delfín del Ceibo y Fuego, quien estaba deshidratado, no habría sido maltratado más que unas magulladuras por las sogas con que lo amarraron.

Ahora la corona del Ceibo y Fuego se hallaba en tinieblas, los ángeles y demonios incendiaban la ciudad, se mostraban como lo que era, ejércitos del mal. La diabla hubiera enaltecido su vuelo, con aquellas sus tenebrosas alas de fuego y centellas de espejos.

§

La Última Pluma

La inocula diabla encantó la mente del viudo rey Adaly, y esta noche mientras cae el crepúsculo por los embelesos el rey se encontraba en la mar, creían pretendiera el suicidio; pero repentinamente se enaltecieron las olas del mar a una altura tan grande, que el mar se convirtió en un gigantesco espejo del cual brotara vestida de novia, aquella que ahora fungiera como la diabla; pero conservando las facciones humanas de Ivania Cheryl.

–¡Mi rey! –dijo la sensorial voz de la envilecida mujer. El rey estaba controlado por la malignidad de la diabla, quien añadiese–. He traído a una reina para que me enlace, merezco tales honores, quien mejor que una reina para unir en matrimonio a otra reina.

–¿A quién has traído, amada mía? –preguntó el rey, y el torogoz Chelito Colorín murmuraba para sí mismo:

–¡Y veré peores cosas! –Pero cuando vio la silueta de perfección de aquella césar egipcia a Chelito Colorín se le pintaron las plumas pero de colores de lubricidades –Por mis chorrocientas mil quinientas plumas de colores, por mis colores, juela que chivo esta ver a una diosa humana, ¡*quiubo*! –dijo Chelito torogoz, aquellas jergas de la nación salvadoreña; pero es que justo del mismo espejo que se formó de toda el agua del mar, de allí habría emergido la diabla trayendo seguidamente como invitada de honor a una leyenda que inmortalizada en la mente humana– Uh, dicen que no eras deslumbrante, desde luego aquellos que le veían no quedaban impresionados, no tan atontados como yo, pero eso sí, cuentan que cuando estabas en presencia de los demás, y hablaban contigo, eras irresistible –dijo Chelito Colorín volando y cayendo al hombro de la magnífica Cleopatra.

–Cuentan que Marco Antonio no estaba en sus facultades mentales, parecía estar bajo drogas o embrujes, estaba siempre pensando en ti, en lugar de pensar en vencer a sus adversarios –dijo la diabla a Cleopatra.

–Tú no eres diferente a mí –señaló Cleopatra.

–¡Lo soy! La diferencia entre tú y yo es que soy bella e inteligente, y tú no, solo eres inteligente, nos parecemos mucho, fuiste la amante del emperador César, y yo la amante de un rey de mi época, al igual que tu procreé mi destino, solo que tú te casaste, te posesionaste con el hermano de tu afectuoso, y yo, yo no, tuve que enviudar a este susodicho.

–Criatura de colores, habla por mí –dijo Cleopatra a Chelito Colorín.

–¿Yo, hablar por usted? –cuestionó a la avecilla.

–Por supuesto, hermosa creación divina, cuéntale de mí, oriéntala. –Cleopatra, reina de Egipto, reconocida por su belleza y falta de escrúpulos, empezó a gobernar a los dieciséis años, siguiendo la tradición egipcia se enlazó con su hermano, fue expulsada del trono por dos guardias enviados por su hermano, huyó a Siria donde encontró a César de quien fuera amante hasta la muerte de cuyo hombre, puedo decir más, esto me encanta– Lo dicho, Ivania Cheryl y tú, son parecidas, las dos le dieron hijos a sus amantes, las dos son inteligentes, las dos son hermosas, claro, hay que admitirlo, tienes labia, belleza, encanto, primor, e inteligentica, un kit completo, por eso te he invitado para que realices mi ceremonia nupcial.

–No vine a discrepar quién eres y quién fui; sino a cumplir tus anhelos de desposarte al rey Adaly. Argumentó Cleopatra.

–Sandro Adaly Lejano, Rey del Ceibo y Fuego –murmuró el rey Adaly pronunciando su nombre completo como jamás en su vida lo hubiere dicho.

–¿Y tus invitados? –preguntó cleopatra, raudamente la malvada diabla chasqueó sus y sus ejércitos estaban allí–. Perfecto, proseguiremos –mencionó Cleopatra, cuando el príncipe Wallis Antonio se manifestara diciendo:

–No, no se puede oficiar un himeneo sin amor, ella es mi madre, es incapaz de amar, tiene dos personalidades, la de mi madre y la de

Luzbel que sea hospedado en su interior mientras recupera la materia que es de su propiedad.

–Hijo, no arruines la felicidad de tu madre.

–Madre, mírate al enorme espejo que el agua te ha concedido, mira con tus malignidades que proezas has conseguido, has profanado la mente humana al embelesar a este pobre viudo.

–Hijo, ni un paso más, te atreves y me veré obligada.

–¿Qué? Hacerme renunciar a algo más, ahora a que me harás renunciar, al amor de una madre, esa madre que es capaz de ser igual o peor que esta hiena que le acompaña –señaló el príncipe Wallis a la hiena que a sol y a sombra anduviera con Ivania Cheryl–. Madre, desencanta al rey, es suficiente con haberle provocado la muerte a su reina.

Mientras madre e hijo reñían, la impetuosa Cleopatra se habría marchado, el mar de los espejos había vuelto a su cauce, la diabla enfureció a un más, arremetió contra el príncipe Wallis Antonio, justo en ese momento habrían llegado el delfín César Adalberto y su prometida, el lozano del Ceibo y Fuego esgrimió su espada para reñir contra la diabla.

–Si lo tocas, no vivirías para festejar tu hazaña.

–César Adalberto, que ferviente. ¿Hay algún doble interés en defender al príncipe? –Introducía dudas en la princesa Alma Yanalté.

–Sí, claro que lo hay, el interés de salvaguardar la vida humana –dijo el delfín.

–Conozco el corazón humano y sé que en ese vasto océano las emociones yacen turbadas entre esto y lo otro, como las olas golpean con vehemente –susurró Ivania Cheryl–. Arruinaste mi posibilidad de ser reina, no has valorado lo que yo he hecho por ti, he dado todo, te he convertido en lo que una vez fuera la abuela de este, un icono de real belleza masculina, muchos bellos sobre este mundo; pero ninguno como su abuelo, Lucero, el pulcro ángel portador de la luz, el que fue creado con perfecta belleza, ese soy yo ahora, ¡Ja, ja, ja! Pero esto no ha terminado, mi prometido viene conmigo –dijo la diabla desapareciendo en un expedito vuelo que elevó consigo al rey Adaly.

§

Más tarde, los príncipes Wallis, César Adalberto y la princesa Alma Yanalté, indagaban sobre cómo acabar con la diabla sin liquidar a la madre del lozano príncipe. La princesa les dijo saber de algo que se comentaba en su reino.

–No sé si sea un mito, pero había un espejo que se llama; espejo Erised.

–¿Cuál espejo es ese? –El delfín preguntaba a su prometida, y justo apareció su abuela, Melanie Malvista.

–Soy la Reina de los Espejos, por ende, sé todo cuanto se debe conocer de los espejos. Erised es un objeto mágico en forma de espejo que al reflejarnos nos muestra el más profundo y desesperado deseo de nuestro corazón.

–¡Interesante! –exclamó el delfín–. Pero ¿Dónde lo encontramos? Y el hada Hojitas añadió:

–Soy el mapa de búsqueda, graduada con honores en ubicar espejos, en cinco, cuatro, tres, dos y uno, agárrense todos, que vamos para donde está ese espejito –dijo el hada transportándolos a todos; pero el delfín dijo:

–Espérense, debo comunicárselo a mis padres, están un poco perturbados desde el rapto que sufrí.

–Muy bien dicho, su majestad, César Adalberto –dijo el hada. Mientras en los jardines del reino, la reina Meghan Juniana encontró a su padre Malock, decidió abrirse un poco más afectuosa con él.

–Padre, perdone que pusiera en duda su cambio de personalidad, no es que lo dudase tanto, sino que mi comportamiento es estrictamente riguroso, no me permito las fallas –objetó la reina Meghan Juniana. Su padre sujetó la mano nerviosa de su hija, con la que se jugaba el diamante que traía al cuello, ese en figura de una gota de agua color carmesí.

–Calma, inhala, exhala, repítalo otra vez, bien, no pidas perdón, soy yo quien debe pedirle perdón a usted, sabiendo que no merezco su indulgencia, aunque lo desee y lo necesite.

–¡Padre mío! ¡Oh, te amo padre mío!

Cuando la reina Meghan Juniana se imaginaria decirle eso a su padre biológico, en ese momento la penúltima pluma de fuego cayó de las alas de Malock, para esto era ya conocido que el pacto con la bienaventuranza pasó de los treinta y un días, debido al mal tiempo que azotaba el reino y a la libertad que hubiera ganado el nuevo rostro de Luzbel, en ese momento entraba el lozano delfín.

–¡Oh, bendita madre! Apreciado abuelo –voceó el delfín, junto a su abuela Melanie y los príncipes Wallis Antonio y Alma Yanalté–. Hemos escudriñado las formas posibles de acabar con la diabla que tiene por madre el príncipe Wallis, pero en realidad no encontramos nada –dijo el delfín.

–Pretendemos poner ante un espejo mágico a mi madre, se habla del espejo de Erised. Debemos ir a él y solo un ser mágico nos puede llevar a él.

–Mi hada madrina –dijo el delfín– Hijo, ¿Tienes un hada madrina? –preguntó el rey Kamiran Xavier.

–Sí, soy yo, la bella, la peculiar, encantadora, dulcísima, mágica.

–Ay niña, tú eres más vanidosa que yo –dijo Melanie.

–Envidia me tienes, Malvista –arguyó Hojitas, quien por cierto sufría de ser presumida, adoraba que los demás la adularan.

–Presumida –dijo Malock.

–Hemos de ir contigo –dijo el rey Kamiran a su hijo el delfín–. Mi padre está en manos de esa mujer.

–¡Hecho! –dijo Hojita, maniobrando sin esperar alegatos de ninguno. Cuando llegaron al lugar adónde el hada Hojitas los transportó, era un viajo anfiteatro en lo más recóndito del castillo Hogwarts, cuyo alguna vez se dice hubiera sido utilizado como un colegio de magia y hechicería, y habría sido clausurado por algún acaecimiento inoportuno, según habría escapado un demonio corrompedor que amenazaba el bienestar de los estudiantes; pero en Hogwarts nadie se enteró de que Hojitas hubiese llevado con ella a toda la realeza del Ceibo y Fuego, incluyendo a los invitados, el príncipe Wallis Antonio, Nahuel, y la lozana princesa Alma Yanalté, todos buscaban el espejo; pero no se visualizaba, hasta que el hada derribó de una larga y extensa frazada que lo hacía permanecer invisible, el espejo era dorado, alto hasta el techo, encofrado sobre dos soportes como garras, se aprecia tallada en la parte superior una leyenda. Cuando Melanie se aproximó al espejo le dijo:

–Yo soy la Reina de los Espejos, y he tenido todos los espejos que existen en el cosmos, a excepción de ti, mira que estabas muy oculto,

¿Qué es esta leyenda? –preguntó Melanie, y en ese precioso el espejo le dijo en contestación:

–«*Erised stra ehru oyt ube cafru oyt on wohsi*», o lo que es lo mismo, leída a la inversa, «*I show not your face but your heart's desire*».

Entonces el hada Hojitas replicó:

–Lo que significa la encriptación es: «*Esto no es tu cara sino de tu corazón el deseo*».

–Este espejo no refleja tu cara, sino el deseo más profundo de tu corazón –dijo el espejo de Erised.

Nadie podría mirar ni escuchar lo que el espejo y la persona frente a él visualizara o escuchase, porque había deseos que solo se podían escuchar con los oídos, otros con el corazón como también los que se podían solamente atisbar.

Melanie se refleja en el espejo de Erised, y este le muestra lo más profundo de su corazón, conocer a la familia que la exilió, le mostró a su madre, una humilde campestre mujer que la sostuvo en el vientre hasta el momento de brotar dio a luz, tuvo las fuerzas para llevarla al orfanato donde la dejase, escuchó la voz de su madre, eran tan parecidas:

> *«Decreto hija mía, que estarás destinada para ser grande entre las grandes, que no sea la pobreza mental la que impida que seas quien puedas ser, te amo mi reina Melanie Malvista, cada vez que digas tu nombre estarás diciendo el nombre de tu madre y el apelativo de tu padre Jaime Malvista, sobre tu padre, quizás nunca sepas; pero el feneció defendiendo el reino del Ceibo, era un grandioso gladiador y te amó desde que supo que vendrías a nuestras vidas, lamentablemente a ninguno nos quedó tiempo de disfrutarte».*

Aquellas imágenes de lo más deseado por Melanie la hicieron entenderse amada desde su nacimiento, destinada a ser reina beldad, el espejo le mostró la muerte de su madre, a las pocas horas de haberla abandonado, sabiéndose enferma, la opción del exilio era una medida preventiva para seguridad de que al fallecer la bebé no se quedara sola y muriere de hambre. Melanie Malvista se retiró del espejo, su tez lucia fascinante de dicha había visto el rostro de sus seres amados, ese que hubiera añorado más que un título de realeza.

Cuando Malock Malanoche se reflejó al espejo, se escuchaba la alegría, las trompetas, algarabía de haberse creado a un ser tan bello, lo llamaban el portador de la luz, Luci-fer, o como se debe equivaler, fósforo.

–Eres «aquel que porta la luz» –dijo la arrogante voz hombruna proveniente del espejo Erised–. Así serás llamado el lucero matutino. Así dice el Señor Yahveh: Eras el sello de una obra maestra, lleno de sabiduría, acabado en belleza. En Edén estabas, en el jardín de Dios.

A medida el espejo Erised relataba aquello, Malock se observaba a sí mismo, luciendo tan pulcro como se le describía, de la nada había comenzado a mutar en la materia de Lucero, sus extendidas alas y toda su preciosidad se dejaba notar frente a los presentes, y espejo siguió relatándole.

–Toda suerte de piedras preciosas formaban tu manto: rubí, topacio, diamante, crisólito, piedra de ónice, jaspe, zafiro, malaquita, esmeralda; en oro estaban labrados los aretes y pinjantes que llevabas, aderezados desde el día de tu creación. Querubín protector de alas desplegadas te había hecho yo, estabas en el monte santo de Dios, caminabas entre piedras de fuego. Fuiste perfecto en su conducta desde el día de tu creación, hasta el día en que se halló en ti iniquidad. Por la amplitud de tu comercio se ha llenado tu interior de violencia, y has pecado. Y yo te he degradado del monte de Dios, y te he eliminado, querubín protector, de en medio de las piedras de fuego. Tu corazón se ha pagado de tu belleza, has corrompido tu sabiduría por causa de tu esplendor. Yo te he precipitado en tierra, te he expuesto como espectáculo a los reyes. Por la multitud de tus culpas por la inmoralidad de tu comercio, has profanado tus santuarios. Y yo he sacado de ti mismo el fuego que te ha devorado; te he reducido a ceniza sobre la tierra, a los ojos de todos los que te miraban. Todos los pueblos que te conocían están pasmados por ti. Eres un objeto de espanto, y has desaparecido para siempre.

Malock estaba frente al Erised, intentando encontrar cual era el deseo más recóndito de su ser, repentinamente la frecuencia del espejo añadió locuciones en otro lenguaje:

«Flamas eius Lucifer matutinus inveniat: Ille, inquam, Lucifer, qui nescit occasun: Christus Filius tuus, qui, regresus ab inferís, humano generi serenus illuxit, et tecumbu vivit et regnat in saecula saeculorum».

–Que el lucero matutino lo encuentre ardiendo –respondió Malock–. ¡Oh lucero! Que no conoce ocaso y es Cristo, tu Hijo resucitado, que, volviendo del abismo, brilla sereno para el linaje humano, y vive y reina por los siglos de los siglos.

Había traducido aquello que hubiera dicho Erised, y en cuya traducción se hallaba el deseo real de Malock, cuyo consistiera en ser el ángel Lucero, viviendo entre humanos y gozando de su amada familia y era como el espejo lo había mostrado, amando a los suyos y poseyendo la virtud divina de ser ángel.

Poco después, Nahuel Arco Lars se vio al espejo y como a todos, el espejo no le mostro su reflejo sino los deseos de su corazón, no bastó mucho para que él se mirase triunfando sobre la pasarela, siendo coronado como el Rey de la Elegancia, sujetado a la mano de un hombre, de quien no se mostraba el rostro sino solo su mano sujetando la suya como acto de confianza, apoyo y muestra de amor, por supuesto, sabía que solo eran deseo muy profundo, y difícil de concedérsele, pero reconocía a quien perteneciera esa mano que lo sujetaba sin intenciones de dejarlo ir.

De un de repente el rey Kamiran se habría acercado al espejo junto a su cónyuge, la soberana Meghan Juniana, en ese preciso momento el espejo les dijo:

–El hombre más feliz en la tierra puede usar el Espejo de Erised como un espejo normal, es decir, se mirará y se verá exactamente como es.

Justo sucedía que ellos se reflejaban por ser una pareja sumamente feliz, se mostraban desde niños juntos y felices, nada los hacía separarse, el uno cuidaba del otro, se era bien sabido que inclusive el rey Kamiran Xavier, solía peinar a su amada reina, y en el deseo se mostraba a los reyes felices incluyendo en su paquete familiar a Malock y Melanie, quienes antiguamente hubiesen sido adversarios de la felicidad.

Repentinamente apareció la diabla trayendo consigo al rey Adaly, a quien tenía encantado, y ahora parecía enamorado de ella, sabía que la querían poner frente al espejo. Ella dijo que, si Malock se cambiaba por el rey Adaly, lo liberaría del encanto.

–Querido Lucero. ¡Oh, pulcra criatura traicionera! Sin timadoras intenciones lleguemos a un intercambio, liberaré al rey, en cambio te quiero a ti, tu vida por la de él.

La propuesta de la diabla fue analizada por Malock, era su momento, sabían que de alguna forma él intentaría poner a la diabla frente al espejo.

–Aléjense todos –indicó Malock, pese a que su hija y su consorte quisieran evitarlo, él pidió confianza, alzando su mano, dijo adiós, su hija corrió a él y lo abrazó, diciéndole:

–Padre, los hay con barba, otros tienen bigotes, son altos o bajitos, hay de esos que tienen barriguita, algunos llevan gafas, lentes, corbatas, algunos son calvos y otros son como osos peludos; pero solo hay uno como tú, mi padre, no me importa si fuiste el ángel lucero o ahora al que llaman despectivamente como Lucifer, Luzbel o como la gente se sienta placida llamarte, para mi eres mi papá, Malock Malanoche.

Padre e hija se abrazaban, la reina Meghan Juniana escuchó lo último que su padre le dijera:

–Eres un arcoíris, una curva de luz a través de la niebla dispersa que levantas el espíritu con tu presencia prismática –dijo Malock, los dos enternecedoramente se miraba, el siguió diciéndole–: Una hija es el regalo más hermoso que la viuda me pudo dar, aun siendo el diablo, porque aunque te eché al exilio, dentro de mi podrido ser, seguía sintiendo como una llamita queriendo encender el deseo de tener, abrazarte y por eso, tu madre y yo, desde los avernos venimos aquí, por amor a ti, aunque de muy mala manera, mi niña mujer, ahora una bondadosa reina, siempre serás la niña de mis ojos, la que me irritaba con sus juego y perfecciones.

–Padre mío, tú siempre serás mi padre, ese que, aunque nadie lo viera, yo sí, y siempre estabas refunfuñando por mi espectro autista.

–¡Ay, hija mía! El día en que naciste supe que habían miradas que hacían declaraciones de amor, ese día me declaraste tu amor de hija –dijo Malock y entonces la diabla estrepitosamente lanzó al rey Adaly, mismo que se detuviera entre las paredes del recinto.

–¡Basta de fantasías!

–Yo soy el Rey de los Demonios –objetó Malock.

Ese al que tres cuartas partes de soldados siguieron voluntariamente. Se empezaban a espantar, esa noche sangrienta asomó la luna sobre el horizonte de la humanidad, la espalda de Malock rompía cuando las alas tonalidades zafiro de Lucifer brotaban y no es Ivania Cheryl sino en el auténtico Belcebú, ese que prorrumpía entre siniestra carcajadas, sus alas tocaron pulcro azul del cielo desatando el carmesí de las pasiones violentas, y es que su adversaria lo quería muerto, ahora la mitad del demonio yacía en él y la otra mitad en ella, la batalla de los ángeles y demonios sobrevendría, sabiéndose igual de fuertes, la diabla libro estridente grito, rápidamente

Malock la aprisionó y la puso frente al espejo de los deseos, ella permaneció gélidamente, el espejo le decía a Ivania Cheryl:

—Mostraré para ti, ni más ni menos, solo el profundo y desesperado deseo de tu corazón, para ti que viviste siendo una imitación mas no la auténtica mujer que pudiste ser, no te daré conocimiento o verdad, ha habido quienes sean consumido ante esto, fascinados por lo que han podido mirar, o inclusive hasta han enloquecido al no saber si lo que se les muestra es real o si quiera posible.

Ivania Cherry sintió estremecer su alma, pues el espejo le mostró coronada como reina del trono del Ceibo y Fuego, siendo ella, sin imitar boga y tratados de belleza que otros grandes de la alcurnia hubiesen hecho; pero lo más escalofriante que se le mostro que por su deseo podría ser capaz de todo, pues; se miraba asesinando a su hijo, quien era lanzando a las garras de la hiena que la acompañaba al trono, prácticamente su deseo más profundo, era ser ponderada, como siempre lo solía decir, su anhelo era ser reina y la más opulenta del mundo.

Después que el espejo mostrase aquello, nadie lo había percibir, solamente ella, a la sazón de las emociones vociferó:

—¡Yo soy Lucifer! —gritó Ivania Cherry, despertando los demonios—. Soy poseedora de los elementos, puedo dar y quitar vida, y espejito, lo que has mostrado ya lo sabía, y lo seré, no me quedaré con las ganas.

—Yo soy el auténtico —rebatió Malock.

—¡Pruébalo! —arguyó Ivania Cheryl—. Haz que te obedezcan,

–Sabios adeptos, soy Lucifer, el amor y señor de las tinieblas, el gobernante del trono de la oscuridad, obedecedme. –Ninguno lo obedeció.

–¿Lo ves? Ahora aprende de mami, soy la reina de las diabluras, ¡Ja, ja, ja! ¡Mátenlo! –ordenó la diabla; pero nadie la obedeció

–¡Ups! Se nos acabó el fuego –dijo Malock

–Hemos decidido que combatan por el trono y el que gane nos comandara por toda la eternidad –dijo Azazel.

–¡Hecho! –respondió Malock.

–¡Trato hecho! –dijo Ivania Cheryl

Aun siendo la diabla; pero su mal no acabaría aquí, el hada Hojitas los regresó al reino del Ceibo y Fuego, no habían pisado tierra de palacio cuando la diabla hubiera esgrimido su espada y como dos ángeles del infierno, el diablo y la diabla disputaban quien sería el rige de las legiones; pero, aun así, la diabla jugaría su última carta para sentarse al trono.

–Acaba con la vida quien se atreva a impedir que mates al rey Adaly –dijo a su hiena–. Aunque sea la de mi propio hijo, total yo lo hice nacer, yo lo puedo hacer morir.

La hiena se abalanzó contra el rey Adaly; pero su nieto, el delfín César Adalberto se enfrentó a la hiena una vez hubiese sacado la espada mientras los ángeles peleaban en los aires, devastando la ciudad con sus poderes de fuego.

La hiena mordió al delfín, a solo pasos de asesinarlo estaba cuando el enamorado príncipe Wallis gritó adoloridamente queriéndolo impedir traspasó la vida del animal, mientras su madre, la diabla se distrajo por el dolor de su hijo, justo ese momento fue derribada por el diablo que no daba tregua y de esta forma perdió sus poderes y Malock tornó a ser completamente el Rey de los Demonios, pues; Ivania Cheryl había visto que la hiena mataría a su hijo, como se lo había mostrado el espejo de los deseos, y antes de que el príncipe Wallis Antonio liquidara a la hiena, ella le había vociferado que acabara con la vida de su hijo.

Pasaron algunas después, Malock Malanoche había restaurado los daños provocados por la diabla, a excepción de devolverle la vida a la reina Chantal Anahí. Se hizo que dentro de dos albas se llevaría a cabo el acontecimiento pospuesto en dos ocasiones, sobre el certamen de belleza masculino.

Al Certamen

Finalmente se llevó a cabo el certamen de belleza, de los diez escogidos, quedaron finalistas y de esos tres se había escogido al rey, nadie lo esperaba, todos estaban ansiosos.

Ivania Cheryl sintió que su hijo perdería la corona, y Malock también sintió que su nieto no triunfaría, por lo que encargó a uno de sus ángeles caídos la tarea de hacer caer en tentación a la madre del príncipe y aun invicto Rey de la Elegancia, este fue y le susurró al oído a la incipiente mujer, de inmediato mencionada mujer fue a los camerinos de las maquillistas, directo a donde Gigi Arco Lars, hermana del posible triunfador de esta noche. Gigi sería aprisionada debido a que fue acusada de robo, la dueña de la alabastroteca no hubiera reconocido su equipo de no haber sido porque el enviado de Malock le susurró al oído.

–¡Junes!

Se escuchaba el eco de la voz del ángel caído llamando a Junes, la maquilladora personal del delfín César Adalberto, allí en el camerino la mujer buscaba la fisonomía de quien le hablase.

–¿Quién eres? ¿Dónde estás? No es gracioso que sigas mi nombre y no me permitas verte.

–Mi nombre carece de interés, sé dónde está la alabastroteca que hurtaron de ti.

La tentación de saberlo mitigó el interés de saber quién era esa voz, por lo que Junes dijo:

–¿Quién la tiene y dónde está?

–Lleva contigo la guardia, para que arresten a esa insolente bribona, a primera vista no la reconocerás porque se le cambió tonalidad; pero tú conoces mejor que nadie tu alabastroteca, sabes dónde está la puertecita secreta, la que conserva la imagen de tus padres, esa que consideras tu amuleto de la suerte, busca a la insulsa artista de belleza que trabaja con el concursante de los proletarios, Nahuel Arco Lars.

Junes confió en la palabra del invisible ángel, a los minutos después se presentó en el camerino donde estaba siendo maquillado el participante Nahuel, los guardias irrumpieron y arrestaron a Gigi, Junes acusó de sustracción a la señorita Gigi, alegando que esa alabastroteca era de su propiedad y que reconocería a ojos cerrados todos sus productos y equipo de trabajo.

–¡Ni lo niegues, pelusa! La gentuza como ustedes, solo saben ganar si utilizan artificios –dijo Ivania Cherry, que justo habría escuchado las acusaciones.

–No, señorita, esto es una herencia de mis padres –contradijo Gigi, mirando a su hermano en signo de que no dijera nada.

–No, puedo probar que es de mi propiedad –contradijo Junes– Desenmascárala –balbuceó Ivania Cheryl–. Y tú, aléjate de mi hijo – advirtió a Nahuel.

–Hágalo, muestre que en realidad es de su propiedad –indicó el guardia.

–No es necesario, lo hice, escúcheme, señorita, deme unos minutos a solas, apelo a su corazón, deme solo cinco minutos. –Se confesó culpable, pero Gigi no recibiría clemencia.

–No, llévensela –dijo Junes, por suerte, Gigi había culminado su trabajo con el rostro de su hermano, quien miraba cómo llevan a su hermana a las ergástulas–. Más tarde me encargaré personalmente de que sea expuesta y azotada por cleptómana.

–Señorita, escúcheme, lo hice por amor a mi familia, porque con esto puedo ganarme la vida, en cambio usted no necesita ganarse la vida, es de peculio, yo no, esa alabastroteca usted la puede comprar una y tantas veces; pero yo, yo no, yo provengo de lo más pobre de esta ciudad, y sí, soy consciente de haber delinquido.

–Hablaremos después, llévensela –vociferó Junes. Gigi le gritaba a Nahuel.

–No te caigas, los pobres no tenemos muchas oportunidades, recuerda que algunas personas prefieren mostrar una falsa sonrisa y una presunta felicidad, antes que su verdadera felicidad, tampoco seas como los demás, que lo único bonito que tienen es el rostro, que lo único inteligente que tienen es un sirviente, porque son incapaces de valerse por sí mismo, demuestra que tú eres doblemente hermoso e inteligente.

Las poderosas palabras de su hermana obligaron a Nahuel a esconder sus lágrimas y defenderla ante los demás, y para pagar todo lo que ella por el hacía, debía ganar.

–Tú no ganaras, ¿entendiste? ¡Muerto de hambre! ¡Menesteroso! Eres una cosita insípida al lado de mi hijo.

–Disculpe, sé que es la madre de mi amigo, pero eso de si gano o no, no es decisión suya, y si su hijo y yo somos amigos o algo más, eso no lo decide usted.

Boquiabierta estaba Ivania Cheryl y más furiosa se puso cuando el mucho pasó y le dijo:

–Chu, aun lado, estorba mi camino la corona, déjeme acomodar mi cabellera para que esa corona luzca perfectamente sobre el nuevo rey.

Momentos después, el triunfo había sido para Nahuel, y tal como lo habría visto en el espejo Erised, fue coronado por Melanie Malvista; pero alguien sujetaba la mano del muchacho, se trataba del ex invicto Rey de la Elegancia, así que ni las timos y maniobras de Ivania Cheryl y Malock habrían logrado que el muchacho ganara.

–Esclavos de la vanidad, ansiamos hallar a alguien como soñamos, el corazón dañamos, pues; el amor no entiende de perfección, clásico error fallamos. Belleza no lo es todo… pero es un buen inicio para mi reinado, si para todos, la belleza está en el corazón, ¿Por qué para ti no? –dijo durante su discurso al lado de los príncipes César Adalberto y Wallis Antonio–. Como nuevo Rey de la Elegancia, les digo, la belleza está en los benditos ojos de quien la mira, y como Rey de la Elegancia, he aprendido que la distinción de un hombre está en la seriedad de su boca, no solo en sus perfectas indumentarias y buen bálsamo, ¡Buenas noches! –dijo el nuevo Rey de la Elegancia, su majestad Nahuel, a quien aplaudían.

–¡Lo bello! –exclamó el príncipe Wallis.

La caracterización de una persona como «bello», y asea de forma individual o por consenso del reino, a menudo se basa en una combinación de belleza interior y belleza exterior, ambas las posee nuestro nuevo soberano de la elegancia. Manifestó Wallis adulando al nuevo rey, se sentía libre de no llevar el peso de la corona que su madre le hubiera impuesto por largos años.

–No se mide el valor de un hombre por su indumentaria, o por los bienes y títulos que posea, el verdadero valor de un ser humano se mide por la calidez de su mirada y por la nobleza de su corazón, esto es lo que ha convertido a Nahuel, en nuestro nuevo rey de elegancia. Manifestó el delfín César Adalberto, empezando el mismo por aplaudir.

–Ya, para terminar esta noche de alegrías y éxitos, les diré, yo no soy un hombre con sueños de príncipes, en lo personal me siento gratificado porque este triunfo me ha costado, lo he ganado, no me lo pusieron en las manos por ser un tipo bonito y con privilegios, sigamos luchando y confiando en que los sueños no distinguen posición social, tú eres el que distingue eso, si solo suenas y luchar por ello, entonces te darás cuenta de que gratificante es consagrar los sueños. ¡Gracias!

§

En altas horas de la noche, Nahuel y el príncipe Wallis celebraban el triunfo, habían ido a remar.

–Hombres guapos –murmuró el príncipe acostado sobre el césped, disfrutando de la noche colorida que el cielo regalaba–. Quien dice que nosotros los guapos no nos enamoramos con el corazón.

–¿Y de quien se enamoró usted? –preguntó Nahuel.

–A caso mis manos acariciando su piel no le dicen lo que por usted profese –respondió el príncipe Wallis.

–Ojos de gato, patas de rana, que salga de donde esté y aparezca en mi cama. ¡Ups!... Digo en mi alma, ah sí, honestamente, desde que lo conocí, sentí una conexión, pero sabe que usted y yo no podremos tener nada.

–Nahuel, corazón, intenta y falla; pero nunca falle en intentarlo, y aunque lo dude, también rezaba por usted, para que su alma se adhiriera a la mía, y decía, y de echo aun lo digo todas las noches, y justo ahorita es noche.

Jugueteaba el príncipe Wallis Antonio, ahora los dos estaba acostados en plano, uniendo sus cabezas, y de presto Nahuel se giró, situación en posición boca abajo, miró al príncipe que hizo lo mismo.

–Dígame esa oración: Ángel de la guarda, quiero a ese hombre de compañía de noche y de día, que no me desampare y me mire todo el día, como yo lo miro cada instante.

–Que hermoso, aunque lo inventó ahorita, aun así, su madre y la humanidad no consentirá un hecho como el afecto que siente usted por mí y yo por usted.

–Su majestad, Rey de la Elegancia, yo le digo que todo lo he previsto, en adelante nos amaremos, nos iremos lejos, viviremos juntos, a nadie le explicaremos nada, seremos felices, la humanidad no tiene por qué saber que le pertenezco en cuerpo y alma.

El príncipe Wallis había propuesto a su enamorado escapar juntos.

–Príncipe ¡Oh, mi dulce y bello príncipe! ¿Pero y mi hermana?

–Lo he arreglado todo, está libre, la enviaremos a vivir a una residencia de mi propiedad, le dejaremos bienes y buen peculio para que viva cómodamente, además podremos visitarla, lo importante es que sepamos que los dos sentimos lo mismo y que estanos dispuestos a irnos.

–¿Pero y su madre?

–Mi madre, no está muy bien de salud, ha perdido la cordura y agoniza lentamente, pues; ingirió arsénico en exceso y otros abusó detalles por lucir hermosa, ahora todo eso la ha destrozado, padece un mal que la está dejando sin cabello, su piel se hace añicos y me temo que pronto partirá de este mundo.

–Wallis Antonio McRadcliffet Pylsener, mi corazón está abierto a ir con usted a donde desee llevarme, mi mente está preparada para vivir nuestra vida, sabiendo que si nos descubren amantes nos escarmentaran severamente; pero dispuesto me hallo.

–Partiremos pronto, solo nos encargaremos de instalar a su hermana en la residencia de los Pylsener –contestó el príncipe Wallis, los dos se habían abrazado.

§

Algunos días después, se supo que Ivania Cheryl estaba enferma y se rumoraba que los lacayos que envió el delfín del ceibo y fuego para ayudar a la familia del príncipe, cuando iban a palacio rumoraban sobre lo que pasaba en el palacete, eso de que la madre del príncipe Wallis Antonio, ella hubiese perdido la cordura, no del todo. Esta mañana al parecer la madre del príncipe habría amanecido mucho más lucida, al límite que pidió desayunar con su hijo.

–Todavía no entiendo cómo es posible que un proletario te halla arrancado la corona, debió ser fraudulento, un timador como esa hermana de él, la que liberaste, tú eres el perfecto, todo lo que he gastado para hacerte ver y lucir impecable –refunfuñó Ivania Cheryl, quitándole el apetito a su hijo, quien recusara aquellas palabras, diciéndole:

–Madre, esto se trata de una belleza terrorífica.

–Nada de eso, se llama belleza y es costosa, dolorosa no solo esplendorosa, deberemos apelar, porque esa corona es tuya –objetó indignada la señora.

–Pero nada más mírate, lo habré advertido, tanto arsénico, ungüentos y preparados acabarían contigo, no solo una ni dos ocasiones se lo advertí, si tomabas más de lo recomendado antes de que el cuerpo construyera una tolerancia, las consecuencias eran tales como un doloroso síndrome de abstinencia y síntomas como vómitos y espasmos musculares tendrías –dijo su hijo, reprendiéndola.

Las siervas que repartían la fruta del desayuno solo miraban a la señora deteriorada, su piel que había perfecta albuminadamente ahora lucía como ennegrecida, sin maquillaje se lo notaban no solo los años sino también, sino que también los daños ocasionados por sobrecargar sus imperfecciones faciales.

–Veo que estás empecinado con instruirse para ser un erudito galeno.

–Me preocupabas, me di a la tarea de realizar investigaciones, la belleza no debe perjudicar la salud, no debes obligar a tu piel a soportar reacciones alérgicas o escozores.

–Nunca me quise sentir menospreciada por ser fea, bastante tuve con serlo por no provenir de un magnífico linaje.

–Lo entiendo, madre; pero las instrucciones de los productos y accesorios de belleza para la cara afirmaban que la fórmula radiactiva podría estimular la «vitalidad celular» de la cara, reafirmar la piel, curar los forúnculos y las espinillas, eliminar arrugas, detener el envejecimiento y conservar la «frescura y luminosidad de la tez» –reprendía verbalmente–. Pero tú abusaste de los ungüentos, de las natas, pensaste que entre más adhirieras, mejor efecto tendría.

–Ya es tarde hijo, no presté atención a tus sugerencias.

–Te dije que esos afeites contenían altos signos de plomo, entiendo que los utilizaras porque fueran económicos y estaba a nuestro alcance, y no te puedo reprochar eso, que hasta yo lo utilicé y admito que recubre bien las imperfecciones y tiene un acabado sedoso. Incluso sabíamos que eran tremendamente tóxicos; no solo causarían inflamación ocular, pudrición dental y calvicie, sino también haría que la piel se ennegreciera con el tiempo, requiriendo más polvo de plomo para tapar la cara, los hombros y el pecho que esta tan de moda –describió el príncipe Wallis Antonio, lo que exactamente la belleza obsesiva le hubiera hecho a su madre–. Ahora, madre, tienes muchos daños en la piel, de no ser por el polvo, la gente sabría que tu piel ha ennegrecido por el exceso a las cremas, ungüentos, preparados.

Y es que, en realidad, Ivania Cheryl para cubrir lo común que era como cualquier plebeya, habría recurrido a cualquier método por doloroso, asqueroso y horripilante que fuera. La señora afligida decía:

–Solo quería lucir bella, quería ser igual que las señoritas de casta, fui capaz de consumir huevos de tenia por algún corto tiempo, lo hice a escondidas de ti.

Su hijo quiso regañarla; pero nada conseguiría, su madre estaba pereciendo, lo notaba que se sentaba con esfuerzo, él la cargó entre sus fuertes brazos y la llevó a recostar a su lecho, ella siguió hablando, como si presintiera sus últimas palabras de vida serian este día.

– Supe que algunas mujeres estaban comiendo píldoras llenas de huevos de tenia como una forma efectiva de perder peso, y yo ansiaba conservar mi talla. Los huevos de tenia supuestamente eclosionarían y se instalarían en el intestino de su huésped, consumiendo los nutrientes que de otro modo serían digeridos por la persona, en esta cuestión sería yo. Este método me mantendría desnutrida y delgada, pero sabía que posiblemente a la larga sufriría de insuficiencias e incluso moriría, cosa que no me da miedo porque no seré eterna, lo hice porque quería retener a tu padre, quería ser más que la auténtica esposa, yo era solo la amante, y debía conservarme más bella que su desposada reina. –Su hijo sollozaba.

–Madre, pretendías convertirme en una réplica tuya, delgado, perfecto; pero putrefacto interiormente.

Ivania Cheryl estaba teniendo una consumación siendo víctima de su obsesiva belleza, de este modo ella le dijo a su hijo.

–Hijo, los padres nos equivocaremos siempre, creyendo que lo que deseamos para nuestros hijos es lo que ellos desean y necesitan; pero no lo es, y si, fui capaz de pensar en la idea de que murieras comido por mi hiena, cuando obtuve el poder del diablo, cuando se transfirió su maligna esencia, es increíblemente grandioso sentirte diablo, porque sientes el poder, lo puedes dominar todo; pero lo que no puedes dominar es el amor que tienes por un ser amado, aun siendo la diabla, mi amor por ti, hacia que regresara a mi naturaleza de Ivania, por ello entiendo que Malock quisiere ser parte de la vida de su familia; pero lastimeramente el diablo purga una condena eterna. –Lloraba Ivania Cheryl mientras su hijo la atendía.

–Perdona, madre, sé que he sido severo intentando ignorarte tu cariño, sé que me amas a tu manera.

–Te amo hijo, pero yo solo trate de ser mejor que las mujeres de aquella época, esas que aún se practicaban peores sesiones por belleza.

–Querida madre, ¿qué diferencia existe entre aquella tu época de juventud y la mía? En aquella época no sabían que era malo eso; pero en esta época existen personas que por estar «bellas», sí, bellas físicamente, se meten cosas al cuerpo que de igual manera son bastante peligrosas.

–Hijo mío… ¡Oh, ingenuo hijo mío! Osas creer que las épocas han cambiado, no es así, ahora peor es, la vanidad es como quererle quitar las mañas a un truhan, como querer que el diablo deje de ser el diablo, no cambia, solo emplea otras estrategias que te hacen creer que es lo correcto pero sigue siendo el mismo truhan de pacotilla, igual con las estrategias de belleza, inclusive el labial es un peligro, entre más avanza el tiempo más plomo le ponemos para lucir más coloridas, sin importarnos que futuramente se nos tilde como una era de vanidosos tóxicos, belleza terrorífica, siempre la belleza costara mucho más que caudales, sacrificios, dietas rigurosas, reglamentos sociales más crueles que ser escarnecido, acaso crees que lucir estos apretados corsés no lastima, muchas damas no podemos ni si quiera respirar y todo por lucir regias.

–Si esas rigurosas y dolorosas prácticas se hacen en la actualidad, seguramente algún día podrán desprenderse de partes del cuerpo que les incomode o las haga ver levemente mal, porque se dejan engañar por el reflejo del espejo, ahora se envenenan con sus procedimientos consecutivamente seguramente se acostarán sobre planchas y se dejarán cortar en pedazos, para perfeccionar una belleza que será sutilmente dúctil.

–Ay hijo, alabados sea Dios, y que eso llegue porque me haría unos que otros retoques, créeme que he estado tentada, he oído de oídas que hay un practicante de eso; pero lo hace secretamente, muchas damas cedido caudales completos por quitarse imperfecciones de sus cuerpos; pero para mí ya es tarde, estoy muriendo.

–Requiero e imploro porque no vaya a existir tanta inmundicia por lucir hermosa por fuera y consumida por dentro, que no existan generaciones introduciéndose al cuerpo trozos dúctiles, polvos, pegamentos o cualquier otra cosa para levantar lo caído, yendo contra los ciclos de la vida, deseo que no existan generaciones bebiendo píldoras para que eliminen el por tener esa figura codiciada.

Mientras Ivania Cheryl escuchaba a su hijo rechazar nuevos métodos de embellecer, ella le dijo:

–Hay un tratamiento efectivo para la belleza.

–No más, madre –rechazó.

–Hijo, se trata de ir por tu felicidad, ve, escápate con el amor y jamás tendrás que preocuparte por encontrar el elíxir de la eterna juventud, pues; es el amor muchísimos eficaz que consumir un complejo vitamínico, y no me llore, solo sea feliz, sea con quien usted lo desee.

–Pero es…

–Amor es amor y nadie puede ni tiene el derecho de cuestionar lo que le guste, nadie tiene que saber, y yo tampoco se, solo lo sabe usted y la persona que usted escoja, ahora vaya por esa felicidad y déjeme a mi arreglar mis cuentas antes de partir.

–No puedo dejarte sola, mamá.

–Si puedes y es una orden.

El príncipe abrazaba a su madre y le dijo que iría por la persona amada, volvería para presentarlo con ella; pero el tiempo no le dio esa dicha, pues; Malock encarnado en su real personificación de Lucifer, sentado a su trono en los avernos, desde allí pactaría con sus aliados para demoler a su adversaria, esa que osaba matarlo, la que logró herir a los suyos.

La muerte de Ivania Cheryl significa el resarcimiento que Malock provocaba por la ocasión en la que la diabla devastara el reino de su familia y provocara la temprana muerte de la abuela paterna de su amadísimo nieto. Malock desde su renovado sitial, allá en lo más alto de su replicada torre de babel obscura, allí yacía pactando con Cleopatra.

–¡Jamás, jamás, jamás! Jamás habría creído que el diablo tuviere sentires –dijo con aires burlescos, aquella suntuosa faraón llamada Cleopatra, la reina del Nilo.

–Tengo mi corazoncito. –Jugueteaba el diablo, luciendo rozagante de dicha y belleza, ese primor que poseía a pesar de ser el malo–. La humanidad no lo aprovecha, los cristianos viven luchando por expulsarme, pero el pecado está en ellos, pues es la vanidad, todos la poseen, desde el más humilde al más presuntuoso, por ejemplo, el vástago bastardo que tiene por hijo Ivania Cheryl sufre de un tipo de vanidad moralista, asociada al positivismo, es increíble que no se halla contagiado con la podrida vanidad de su madre, que adora ser adulada, es presumida, es narcisista, ella es todo lo malo en la vanidad.

–Si duda, Ivania Cheryl y yo somos parecidas, a excepción de que su deseo de poder y belleza, concluyeron acabándola, porque la gente dice que es bisbiseo; pero sabemos que es certera su falta de cordura. –declaró Cleopatra la locura de Ivania Cheryl–. Sin embargo, me siento identificada con ella, también fui presumida, engreída, pero al final todo eso se acaba.

–Convéncela, no hay nada peor y débil que un fanático admirándote, e Ivania Cheryl es solo una temerosa mujer que no sabe que la belleza es o puede ser gloria o la ruina de una persona, depende de quién y cómo la lleve, sobre de todo como la utilice y a quien se la obsequie.

–Mi estimado Lucifer, la belleza sin inteligencia es solo una decoración más, es por ello por lo que puedo decirte que luces más imponente sabiéndote amoroso cónyuge, padre y abuelo –balbuceó Cleopatra carcajeándose–. Perdonad mi risa, pues; jamás pensé verte así mi estimado rey de los infiernos; sin embargo, retomando lo dicho de Ivania Cheryl, ella piensa que la belleza de una mujer se mide por ornamentación, ojalá supiera que la medida es por la inteligencia y por atavío. Le continuaba expresando Cleopatra, Malock la miraba aforadamente, departiendo y disfrutando entremeses, ella prosiguió–.

Dicen que la belleza no lo es todo; pero poniéndote a ti como un presumido, tú eres feliz porque te ven y yo soy feliz porque escuchan lo que digo, tú eres feliz porque te desean y yo porque aprecian mi personalidad, tu felicidad es artificial y superficial, mi felicidad es real y eso me hacen entender que la belleza no lo es todo.

–Cleopatra, marcha hacia ella, destrózala, llevarás su alma al espejo negro y de allí no la dejarás salir jamás, la llevarás al futuro, la mantendrás ocupada el tiempo justo para que sea liquidada mientras divaga entre reflejos –dijo Malock y no habían pasado minutos cuando en el palacete real yaciera la mujer en cuestión figurando ante el espejo, si, allí estaba Ivania Cheryl, su desgate físico y mental eran notorios.

–No soy un ave fénix; pero sí una mujer con fuerza brutal que logró salir de los infiernos; pero jamás consentiré que se me enjuicie por algo que hice siendo poseída por el ánima de Lucifer, sé que se me castigara por la muerte de la reina Chantal Anahí, y por haber sido una mujer que solo deseaba lucir impecablemente hermosa –dijo Ivania Cheryl frente al espejo negro, y de repente escuchó la voz de una mujer que le dijese entre lo impalpable.

–Ivania Cheryl Pylsener, aquella ocasión, en aquel tiempo, cuando dijiste que tú y yo éramos parecidas, no estabas del todo equivocada, somos mujeres que no estamos dispuestas a ser expuestas como laureles de osados y sanguinarios conquistadores, yo para que un hombre luciera su conquista de naciones y tu para que los que te rodean no expongan como te han dejado las marcas de la belleza a base de cuidados especiales, utilizándote como alusión social –dijo la voz proveniente del espejo, a quien no habría visto aun.

–¡¿Pero qué culpa tiene una mujer de querer lucir bella?! –rebatió Ivania Cheryl en ese perfecto momento que hubiera aderezado su rostro a lo más hermoso, apareció ante ella Cleopatra, quien bellamente le decía:

–Querida mía, en mis tiempos pensé lo mismo, tomaba largos baños de inmersión entre miel y leche, higienizaba mi rostro con agua de rosas, la belleza no solo es un don, es una maldición, es una ventaja, es el arte de la vanidad, es un kit perfecto para ser grandiosa como lo hemos sido tú y yo –dijo Cleopatra sabiendo que era justo lo que una presumida adoraría escuchar, seguidamente se había figurado en el espejo–. Como lo sabrás, fui una bella faraón, la reina del Nilo, pero lo mejor de todo es que escondí mis secretos de belleza, que son muchos, las mujeres como tú y yo, siempre nos preocuparemos por lucir majestuosas, es por ello que preciso obsequiarte una subvención, he de llevarte al futuro, donde lo que he visto, es nada comparado con las estrategias que hemos utilizado nosotras para lucir impetuosas y perfectamente sublimes, una ventaja de los muertos es que podemos ir y venir, del pasado al presente o cualquier otro tiempo, el carácter regio de una persona no la define como la malvada; sino como la que se atrevió ir contra las normas de su tiempo, la que quiso probar cosas nuevas, y eso has hecho tú, has empleado nuevos protocolos de belleza, a base de ungüentos, afeites y demás menesteres que suplementan la belleza, es cierto, muchos de tus embelecos han sido deletéreos y hasta mortales.

Cleopatra e Ivania Cheryl emprendieron un viaje al futuro, jamás la ex diabla se lo imaginó posible, fortuitamente tocó el espejo donde se figuraba Cleopatra, se trataba de un espejo negro oculto en el palacete del Ceibo y Fuego, donde aún radicaba la madre del príncipe, aunque muchos en la ciudad decían que ella estaba maniática, obsesionada con los protocolos de belleza física, y viéndose ahora en aquel espejo negro, el cual empezó agrietarse, se era muy conocido de que los espejos negros reflejaban el alma de quien en ellos se contemplaran, pudiendo mostrar la verdadera naturaleza de la persona que se estuviera reflejando, y en este caso, era como un potente artilugio mágico que habría trasportado el alma de Ivania Cherry al futuro.

Y entre viajes Cleopatra le mostró que los espejos son prototipos para mostrar el verdadero yo, ese ser que hay en tu interior, mientras viajaban por las futuras épocas miraba y escuchaba voces diciendo: «yo soy de esas personas que se encierran en el baño para llorar, de las que se miran al espejo y se secan las lágrimas, soy de las que desean inclusive llorar para poder soltar el dolor que lleva dentro, si soy de las personas que después de llorar me lavo la cara y me hecho aire con las manos, para que no se note».

Discursos como esos escuchaba mientras miraba como los años venideros continuaban con la obsesión de permanecer bellos, a base de infusiones, ungüentos, tratado quirúrgicos, había personas disponiendo de sus cuerpos a su antojo, quitando y poniendo, sintiéndose dioses perfeccionistas.

En un momento le llamó la atención, escuchaba esta pequeña reflexión; «desmotiva mirarse al espejo y ver lo que eres», eso le había hecho comprender que la vanidad era solamente un signo más en la gente, se sintió quizás tranquila porque sabía que en el futuro habría personas capaces de ser y parecer peores que el mismo Lucifer, creyéndose dioses al quitar imperfecciones y poner perfecciones a sus cuerpos, con tal de lucir bellos, con cuerpos hermosos y almas de perdición, la epidemia de vanidad tendría fin hasta que la humanidad abatiera, pues de la vanidad desglosaban otros estremecimientos, abriendo la puerta a la competencia, la envidia, la presunción, el narcisismo y tantos elementos que podría adherirse.

Por último, hallándose en pleno siglo veintiuno, auscultaba a una criatura platicando con el espejo: «Eres fea», le decía el espejo. La muchachita le contestaba: «pero tengo buen corazón». Roñosamente el espejo le replicaba: «pero siempre y más últimamente eso a nadie le importa».

Finalmente, Ivania Cheryl habrá comprendido que el espejo solo mostraba los prejuicios que uno mismo se tenía, y esto lo había aceptado cuando miraba que en el aposento donde aquella muchachita reñía con el espejo, allí mismo habría entrado un padre de familia, hablándole a su hija, le dijera que era muy triste que un pedazo de cristal pudiera definir quien fuera.

Lo más difícil fue cuando la misma Ivania Cheryl quiso salir del inframundo del futuro, Cleopatra se había esfumado, ella no podía salir, miraba su cuerpo tendido sobre la poltrona barroca en color gris espejo con retoques de oro, toda la habitación tenía el decorado barroco imperial, lujoso, tenía el símbolo del reino del Ceibo y Fuego, que era una corona con una hoja de ceibo con fuego, desde el negro espejo la mujer se podía mirar a sí misma sin vida, mientras juegos mentales la hicieron ver lo que pasó antes de llegar hasta allí, miraba como leves pasajes de lo que hizo hasta morir:

–Frente al espejo negro miraba como mi belleza se habría acabado, esa soy yo, sin belleza, sin maquillaje, he perdido mi hermosa cabellera, mi razón, mi existencia y todo lo que fui –mencionó Ivania Cheryl

Mientras desencajaba aquella peineta de cristal y oro, la coloca sobre la cómoda, de su alabastroteca cogió uno de sus ungüentos, del cual derramó leves gotas sobre una esponjilla, frotaba el rostro con un presume de aderezo, era una esponja rosa pálida, esgrimiendo el candor de los cosméticos que embellecían el perfecto cutis de una dama de singular belleza, a medida hubiese limpiado delicadamente el cosmético que la hacía verse espectacularmente gloriosa, lagrimones brotaban de sus ojos al verse como realmente había terminado por exceso de colorete durante su vida.

Pero lo que se rumoraba no eran mentiras, ella de alguna forma habría perdido la cordura, se carcajeaba a diestra y siniestra, percibiéndose hermosa; pero la crueldad de Malock la hizo verse al espejo como era sin maquillaje y que le habría producido el rey de los venenos, el arsénico, el cual hubiera consumido por largo tiempo, debido a ello su piel, yacía oscura, maltratada y su cabello se le había caído en mayor parte; pero ante esto, ella y Lucifer tenían una cuenta pendiente, pues; habría conseguido la muerte de la abuela paterna de su nieto, el delfín César Adalberto, por lo cual Malock ordenó a Locusta, una esclava de la antigua roma, quien cuyo rol fuera la envenenadora de confianza a los servicios de los poderosos, tal y como lo hizo en la antigüedad.

Locusta, la asesina de los venenos, le preparó un brebaje de setas, algo que a Ivania Cheryl le pareció delicioso y siempre adoraba imitar a los grandes de otras épocas, en peinados, bogas y disimiles gustos como en las artes culinarios, puede decir que prácticamente Pylsener vivió su vida imitando a otros y no siendo ella, todo por conseguir ser parte de la selecta casta real; pero no esperaba que fuera mortal el brebaje, ya que Locusta le hubiese propiciado hasta su alcoba, a diferencia de los tiempos en que asesinó al emperador Claudio, ella lo habría hecho con un platillo; pero en esta ocasión lo hizo machando los setas y dándoselos a beber como un producto para el cuidado de la piel.

—Mira como terminaste, Ivania Cheryl, mi linda cabellera ha sucumbido, mi perfectísimo cutis degradado. Tras que el ánima de Ivania Cheryl fuera consumida por el negro espejo, su cuerpo habría caído reclinado sobre la poltrona donde solía aderezarse, finalmente había muerto, sola, demente y sin belleza, desde el espejo siguió mirando lo que sucedió, su hijo junto a Nahuel la hubieran encontrado sin vida, no tardaron horas en ser sepultada sin un respetuoso réquiem, allí, atrapada en el espejo por eternidad quedó su anima; pero el espejo fue removido.

Después que Ivania Cheryl según suicidara consumiendo una pócima con setas venenosas, el palacete se clausuró, la servidumbre real como era costumbre se encargó de cubrir los espejos, se consideraba como parte del período luctuoso de siete días, y es que se comentaba que si los espejos no están cubiertos el espíritu pudo quedar atrapado entre los espejos y puede ser incapaz de pasar a la otra vida; pero su hijo, el príncipe Wallis Antonio escuchó la propuesta de la abuela del delfín, es decir de Melanie, quien le dijera que la

mejor forma de evitar que un alma deambulara sería sepultarle con el espejo en el que se miraba habitualmente hasta su último aliento.

§

Algunas albas transcurrieron, el delfín César Adalberto y la princesa Ala Yanalté unieron sus vidas en el sagrado lazo del matrimonio. Entre los convidados al acontecimiento se hallaban los enamorados Nahuel y el príncipe Wallis Antonio, el ahora recién casado, tomó unos minutos del tiempo de Wallis, hablaron a solas, el jardín real.

—Llévame en tu corazón, como te llevaré en el mío.

Y el príncipe Wallis se quedó pensativo, y recordó la amenaza de su madre en tiempo que estuvo poseía por el ánima de Lucifer, entonces fingiéndose duro, y negando haber sentido algo por él le respondió al delfín.

—Por supuesto, amigo, siempre serás mi amigo —dijo Wallis.

Había dado un giro después de sonreírle, pretendía marcharse haciendo denotar lo mucho que le dolía negar lo que el aun sintiera. Por su parte, el delfín lo sujetó de las muñecas e inesperadamente lo besó.

—¿Olvidó eso?

—Oh, delfín, eso fue solo un ardoroso frenesí mío —respondió Wallis.

—Pues, para mí no, para mí eres amor, un amor que guardaré como la joya más atesorada, es difícil saberme entre tú y ella, mas ahora que soy su consorte, no niegues lo que en verdad tu corazón sabe que sientes por el mío.

—Delfín, mi estimado amigo, confundimos la amistad con pasión, yo no gusto de caballeros, no es admitida esa conducta en nuestra sociedad, entendí que me confundí, creí sentir apego por usted; pero era solo falta de cariño, al saberme utilizado como el muñeco de aparador que mi madre utilizaba para hablar de vanidades, necesitaba tanto llenar mi vacío que lo creí amor a usted, a usted que es de mi mismo género; pero me gustaría que fuera amigos.

El príncipe Wallis ofreció la amistad, el delfín estrechó la mano diciéndole:

—¡Esplendido!

—¡Amigos! susurró el príncipe Wallis.

–Amigos, entonces –dijo el delfín, con vocecilla un poco tenue.

Poco después, los novios hubieran bailado el vals nupcial, entonces Melanie y Malock se irían para siempre. Allí bailaban ellos junto a los recién casados y a los padres de los desposados.

–Melanie, me diste lo más preciado del mundo, mi hija –dijo Malock.

–Malock, nos dimos lo que merecíamos, una familia, diferente como todas las familias lo son; pero familia al fin.

–Ahora, siento que mi hija y mi nieto, encontraron a sus almas gemelas, porque tienen el mismo escondite, la felicidad –masculló Malock–. Mi adorada y venerada Reina de Vanidades, ¿gusta acompañarme con un cáliz del mejor jerez de los avernos?

Ella sonrió, aceptando la propuesta, Malock y Melanie se plantaron un beso de amor, y frente a los suyos se evaporaron, después del asombroso acto nupcial.

§

Chelito y Hojitas

–¡Eres un miedoso! Eso te lo conté yo, y ese libro no lo hubieras terminado si yo no vengo en lugar de Melanie, quiero mis créditos de coautora –dijo el hada Hojitas.

–¡Perdón! Pero este libro es mi trabajo, yo fui al infierno y tuve al conde Drácula en frente, soporté la peste bubónica que trajo el mal, sobreviví a todo el mal que hizo la diabla, ¡Hola! O sea, este es mi libro, tú y la Reina de los Espejos cómprense reflejos y piérdanse en ellos.

–Pero ese no es el final.

–Ay sí que lo es, ahora sí que no dejé ni un puntico para que pudiera cruzar Malock del infierno a este maravilloso latifundio.

–¡Ay, sí! Chelito Colorín, por fin se acabó la pesadilla de los espejos.

–Si, cerré cada portal, y dejé como mensaje de mi libro, que la vanidad puede ser positiva como negativa, que no es un espejo el responsable de que te creas superior a los demás, y por fin, hoy si escribí un bonito final, porque lo escribí.

–Pero cuéntamelo –dijo la hadita.

–Pues, el príncipe y Nahuel se fueron juntos de la ciudad, a un lugar donde empezarían a ser felices, a lo secreto, claro está.

–¡Ay que chivo! –dijo la hadita.

–Si, además, los reyes Meghan Juniana y Kamiran Xavier, están felices, su hijo se enlazó.

–¡Ah! Yo te voy a decir algo, no lo vayas a decir, no andes de hablador –dijo el hada.

– Hablador yo? Por todos mis kilos vividos, jamás un salvadoreño anda de hablador.

–¡Aja!

–¿Qué? No soy hablador, solo comunicador.

–Sí, claro, ¿y quién le dijo a todo el bosque lo que estaba pasando con Malock y la diabla, si solo te lo dije a ti? –preguntó Hojitas.

—¡Ejem! —El alocado Chelito Colorín se hacia el tonto, como el desentendido—. Yo solo se lo dije a un pajarito, y un pajarito se lo dijo a otro pajarito, y otro pajarito se lo dijo a todos los pajaritos y los animalitos se lo dijeron a otros animalitos, así son los animalitos de la creación, no son perfectos, son un poco *habladorcillos*, que gustan del chismecito, si eso fue, yo no lo provoqué.

—Típico del chisme, vamos a dar un vuelo.

—¡Ah, no! No, aun no me has contado lo que me iba a decir antes del dilema del chisme.

—Está bien, tú ganas, Chelito Colorín, Melanie y Malock volvieron, se reconciliaron, apuesto que ese chisme no lo sabías, por supuesto que no, solo yo te traigo información verídica, pero bueno, son felices, Melanie doblega a Malock, hace menos diabluras, es más te puedo decir, que los humanos son peores que Malock, ellos necesitan una Melanie que los haga mantener a raya.

—Yo, por eso, solterito por siempre.

Y siguieron volando por toda la ciudad.

§

De esta manera culminó el señorío de los espejos, Melanie Malvista marcó a los avernos junto a su consorte, ella se encargaría de mantenerlo a raya. Solían visitar a su familia en ocasiones especiales, siempre que venían, Malock se portaba lo mejor posible.

> *«Así fue como la dinastía de los espejos no se destruyó y vivieron felices para siempre».*

Narraba nuevamente la vocecita de la dulce y picaresca Hojitas.

> *«Bueno, felices para siempre; pero siempre y cuando Malock hiciera sus diabluras, era un diablo en recuperación, era posible que su misma tentación lo hiciera pecar por vanagloria. Ya lo decía él mismo, que la vanidad es una enfermedad perdurable, porque el pecado posiblemente ya estaba codificado en él».*

Relataba a medida ella y Chelito Colorín sobrevolaban el Reino Aspie, después llegaron al Reino de los Espejos y finalmente estaban de visita el Alcázar de las Flamas, miraban a los castigados, al sinnúmero de almas condenadas a vivir bajo el régimen de Malock, dígase realmente Lucifer.

> *«Los llamados ángeles caídos tienen la especial inclinación por la vanidad, para acercar a los pecadores y hacer que solo se vean ellos mismos. Lo que hubiera relatado Hojitas mostraba a la humanidad exponiéndose con más vanidad de la que hubiese mostrador el señorío de los espejeos».*

—Así que la Reina de los Espejos y la epidemia de vanidad maniobran desde aquí, desde el tan mencionado infierno —dijo Chelito Colorín.

—Que vivan los feos de rostro; pero de insuperablemente hermosos de alma —balbuceó Hojitas, mirando a los castigados trabajando para Lucifer.

—Y si la belleza duela —dijo Chelito Colorín.

—Sí, pero duele más ser feo —dijo Malock.

—En nombre de la belleza, la humanidad hace cualquier acto ilícito. Les añadía Melanie, a medida ellos hubiesen aterrizado el vuelo frente al trono de las flamas.

—La presión social y las apariencias han existido siempre, ha corrido por la humanidad como epidemia denominada vanidad —dijo Malock, acto seguido se llevó a la boca un trago de jerez.

—Recuerda diablito mío, cariñito de mi vida, no todos los antiestéticos tienen almas embellecidas, y no todos los hermosos de apariencia son realmente de almas grotescas, hay de todo en la viña, vanidad positiva y vanidad negativa, todo es relativo y variedad —dijo Melanie—. La belleza de un hombre como tú, consiste en el arte del decir, en todo lo que sale de tu boca, puedes ser muy bello, pero se solo sabes vestir y utilizar fragancias de buenos olores y por tu embocadura solo sale putrefacción, serías feo.

—Lo sé querida mía, lo importante es que llegué, vi, y vencí —masculló Malock concluyendo el dialogo con un ardoroso beso para su consorte.

Finalmente sabíamos que la vanidad era algo con lo que debíamos aprender a vivir, habiendo dos tipos de vanidad, la que surge de la moralidad, asociada con la positividad, siendo algo que buscamos, se trata de una vanidad genuina como productiva, da confianza y éxito, ese tipo de vanidad que ayuda a impulsarnos para seguir luchando por nuestros ideales, pero en otra mano, estaba la vanidad negativa, que es la vanidad excesivamente desmesurada, cuya era asociada a la arrogancia, egolatría y engreimiento.

§

Tal y como lo contó en su último libro Chelito Colorín, dice que la humanidad siguió transformando tanto intelectual como tecnológicamente, describe que la vanidad humana siguió incrementando, entre seres humanos riñendo por ser uno mejor que el otro, menospreciando al que fuera menos que el prójimo, y lo que alguna vez el príncipe Wallis Antonio le dijo a su madre, que si ella habría hecho tanto por lucir bella, era más que probable que la humanidad hiciera peores cosas por lucir más lozanos, intentando llegar a la perfección que poseía el ángel Lucero, y no estaba equivocado, pues; con el pasar de las décadas se innovaron los tratados.

§

Fin

Made in the USA
Columbia, SC
01 March 2024

32176765R00074